당신의 식사는 안녕하십니까

일러두기

24절기 풍속과 속담은 《한국세시풍속사전》, 《한국민족문화대백과사전》을 참고했다.

한국인에게 꼭 필요한 4계절 24절기 건강밥상

당신의
식사는
안녕하십니까

지명순·진혜경 지음

마음의숲

절기 따라 떠나는 아름다운 맛 여행

밤새 올라온 수선화, 담장 아래서 수줍게 살며시 웃고 있다. 벌써 계절은 봄의 세 번째 절기 경칩을 맞았다. 개구리가 겨울잠에서 깨어나듯 우주에 있는 모든 생명이 깨어나고 있다. 아지랑이 속삭이는 들녘으로 나가 봄나물을 캐 밥상을 차렸다. 하루의 일과를 마치고 돌아온 가족들이 둘러앉아 저녁식사를 하고는 흐뭇한 표정을 지었다. 내가 그랬듯이 어머니, 할머니는 물론이고 이 땅에 살던 조상들도 이맘때쯤이면 지천으로 널린 봄나물로 밥상을 차렸을 것이다. 그 밥상은 배를 채워주고 건강을 지켜주었으며 행복감을 느끼게 했을 것이다. 그 경험들은 해가 갈수록 차곡차곡 지혜로 쌓이고 의례적인 규칙으로 발전되어 절기음식으로 후손들에게 전수되었을 것이다. 이렇게 절기음식은 계절의 변화가 뚜렷한 우리나라에서 발달되어온 음식유산이라 할 수 있다.

절기음식은 태양의 움직임에 따라 15일 간격으로 정한 24절기에 맞추어 먹으면 좋은 음식이다. 사람은 소우주라서 대우주의 운행, 즉 계절의 변화에 적응하면서 살아야 한다. 이것이 천인상응天人相應이며 이 법도에 부응하여 음식을 바꾸어 먹어야 병이 없다고 선인들은 말했다. 그래서 절기음식이 건강을 지키는 데 어떤 역할을 해왔는지 한의학적인 관점에서 연구해보았다.

이를테면 입춘에 먹는 오신반五辛飯은 맵고 향기가 나는 다섯 가지 나물을 곁들여 먹는 것인데, 혈액순환을 도와주고 몸을 깨워주고 에너지 대사에 필요한 비타민과 무기질을 공급해 활력을 준다. 여름에는 심장의 열을 떨어뜨리기 위해 성질이 냉하고 수분이 많은 오이와 가지 같은 채소로 반찬을 하고 수박과 참외로 갈증을 풀고 기운을 보충한다. 또한 삼복더위에는 삼계탕을 먹어 땀으로 빠져나간 진액을 보충하고 소화기관을 튼튼하게 한다. 가을에는 폐의 기운을 모으기 위해 신맛 나는 포도와 복숭아를 먹고 꿀이 들어간 음식으로 기관지와 피부의 건조함 막아주며 버섯과 미꾸라지같이 점액성이 있는 음식으로 면역력을 길러 다가올 추운 겨울에 대비했다. 입동 무렵에 담근 김장은 섬유소와 유산균이 장의 운동을 도와주며 동지 팥죽은 안으로 쌓인 열을 식혀준다. 또한 담북장은 혈전생성을 방지하고 참깨강정, 들깨강정은 포화지방산을 배출시켜 혈액을 맑고 깨끗하게 한다. 이렇듯 절기음식에는 우리가 매일 먹는 '음식이 약'이라는 식약동원食藥同原

의 사상이 담겨 있다.

외국인들에게는 한국 음식이 건강한 음식으로 인식되어가는 반면 정작 우리의 식생활은 서구화되어 패스트푸드와 인스턴트 식품이 '집밥'을 대신하고 있다. 먹을거리의 혼란시대에 MBC충북은 〈절기밥상〉 프로그램을 제작했다. 잊혀가는 전통의 절기음식으로 우리의 밥상을 더 건강하게 차려보자는 취지에서다.

사계절 24절기를 테마로 1년 동안 마흔여덟 번 밥상을 차렸다. 제작진과 나는 굽이굽이 피반령 고개를 넘고 나룻배가 왕래하던 남한강을 건너고 하늘만 빠끔히 보이는 상촌 산골마을까지, 들로 산으로 강으로 걷고 뛰고 달려갔다. 벚꽃이 눈처럼 날리는 날도, 숨이 턱턱 막히는 삼복더위에도, 황금물결이 출렁이는 가을날에도, 볼이 터질 듯 추운 겨울에도 걸음을 멈출 수 없었다. 지역에서 내로라하는 손맛을 자랑하는 분들을 만나 제철 기운이 듬뿍 담긴 밥상을 차리기 위해서였다. 그들은 배려 깊고 따뜻했으며 식재료가 가장 맛있는 때를 알고 좋은 것을 알아보는 안목이 있었다. 무엇보다 그 재료를 어떻게 조리해야 가장 맛있는지 알고 있었다. 음식마다 사연도 담겨 있어 사람 냄새도 났다. 그렇게 잊혀가는 음식을 찾아냈고 구규九竅, 즉 몸에 있는 9개의 구멍인 귀·눈·코·입과 전음前陰·후음後陰으로 맛을 느꼈다. 그 맛은 혈관을 타고 온몸을 돌아 잠자던 세포를 깨우고 맥이 요동치게 했다. 눈이 빛나고 몸이 가벼워지고 발걸음이 빨라졌다. 기氣가 살아난 것이다.

책상 앞에서 배운 지식을 몸으로 느끼고 가슴으로 배운 소중한 시간이었다. 그 덕분에 귀한 절기음식 레시피가 모아졌다. 이효선 작가의 감성이 더해진 그림과 함께 〈충북일보〉에 연재를 시작했다. 주위 사람들의 칭찬과 격려에 책으로 엮고 싶은 용기가 생겨났다.

도서출판 마음의숲 대표님 덕분에 책으로 출판하는 행운을 얻었다. 〈절기밥상〉 프로그램을 담당했던 진혜경 작가와 주말이면 글을 다듬으며 일 년을 또 보냈다. 24절기의 의미와 유래, 풍속과 속담, 음식을 문헌에서 찾아 정리하고 절기별 식재료에 대한 한의학적인 해석도 꼼꼼하게 덧붙였다. 그림도 매만지고 추가했다. 마음의숲 편집팀과 디자이너의 손길을 거쳐 책이 나오게 되었다. 그동안 음으로 양으로 도움과 응원을 보내주신 많은 분들께 고마운 마음을 전한다.

책을 내며 소망한다. 이 책을 읽는 독자 여러분들의 먹을거리에 대한 가치가 바뀌고 감성이 깨어나기를. 그래서 4계절 24절기 음식의 아름다운 맛을 누려보시기를….

2019년 경칩 무렵
지명순, 진혜경 씀

차 례

여름

가을

겨울

24절기 음식을
100년 뒤 후손에게도

'먹방' 유감과
늘어나는 '혼밥족'

어찌된 일인가. 몇 해 전부터 TV를 켜면 모두 먹는 내용이다. 채널을 이리 돌려도 저리 돌려도 마찬가지다. 남자도, 여자도, 개그맨도, 탤런트도, 국내에서도, 해외에서도 너나 할 것 없이 먹는다. 이른바 먹는 방송의 줄임말인 '먹방' 전성시대.

라면 먹방, 자장면 먹방, 피자, 치킨, 보쌈 먹방까지 다양하게 먹고 많이 먹는다. 음식이 아니면 볼 게 없다는 듯 '먹는 방송'이 공중파는 물론 유튜브까지 모든 채널을 장악해버렸다. 게다가 먹는 음식 대부분은 육식과 밀가루이고 맛은 '단짠단짠'이다. 우리의 입맛은 이미 달고 짠맛의 자극에 중독되었다. 어디 입맛뿐이랴, 뇌도 몸도 길들여졌다.

한편 1인 가구가 전체 가구 수의 3분의 1이나 된다고 한다. 세

집 중 한 집에서 '혼밥'을 먹는다는 얘기다. 혼자 먹는 밥의 심심함이나 외로움을 무엇으로 달랠까. 그래서인지 '먹방'을 켜놓고 식사를 하는 이들이 많다. 늦은 밤의 폭식은 비만과 각종 대사질환을 부른다는 우려가 있지만 그 시간에도 '먹방'은 쉬지 않는다. 2016년 약 34.1%에 달하던 국가 비만율이 2020년 이후에는 40%를 넘을 것이라는 통계가 나오자 정부가 부랴부랴 비만인구 감소 대책 중 하나로 먹방 콘텐츠에도 가이드라인을 제시하겠다고 나섰다.

요리를 '보는 이'는 늘었지만, 요리를 '하는 이'는 줄어드는 현상

외식과 매식이 늘고 대형마트와 편의점에서 인스턴트 음식을 쉽게 구할 수 있게 되면서 집에서 직접 요리하는 사람은 줄었다. 요리에 대한 관심은 늘어났지만 막상 '집밥'은 사라지고 있다. 이런 현상을 마이클 폴란 교수는 '요리의 역설'이라고 말한다.

마이클 폴란은 우리가 TV 앞에서 삶을 낭비하고 있다면서 직접 요리를 하자고 제안한다. 신선한 식재료를 만지고 냄새 맡고 맛보는 동안 하루의 근심이 사라진다고 하는 그는 요리가 삶의 해독제와도 같다고 말한다.

모든 것을 먹는 잡식 동물은 모든 것을 먹을 수 있기 때문에 어떤 음식이 몸에 좋은지, 어떤 게 나쁜지 알려주는 본능적 감각이

없다. 무엇이든 먹을 수 있지만 무엇을 먹어야 좋은지 모른다는
것이다. 건강한 음식을 만들어 먹는 방법보다 '맛있는 집' 정보가
중요해진 오늘날, 할머니로부터 어머니로 전해져 온 음식문화유
산인 건강한 밥상은 사라질 위기에 처해 있다.

'호모 헌드레드' 건강 100세를 위한
당신의 식사는 안녕하십니까?

호모 헌드레드homo-hundred는 2009년 UN이 처음으로 사용한
말이다. 과학기술의 발달로 이제 곧 평균수명 100세가 넘는 신인
류가 탄생할 거라 예고한 것이다. 싫든 좋든 우리는 평균수명
100세 시대의 주인공이 될 수도 있다. 문제는 건강하게 100세까
지 살 수 있는가다.

대형마트에는 가공식품이 넘친다. 세계 각국에서 생산한 식품
을 외국에 나가지 않아도 구입할 수 있다. 편리하고 다양하다. 그
러나 초고속 성장을 한 식품 산업의 최대 피해자는 결국 소비자
라고 한다. 식량자급률 50.1%, 세계 1위 GMO 수입 대국… 다른
나라 얘기가 아니다. 이미 다국적 기업에게 밥상을 내맡기다시피
한 우리의 식사가 정말 안녕한지 묻지 않을 수 없다.

사계절 24절기 음식
지구가 태양을 공전하면 태양의 위치에 따라 풍한서습조화風寒

暑濕燥火 바람의 기운, 찬 기운, 더운 기운, 습한 기운, 건조한 기운, 불의 기운, 여섯 가지 자연의 기운 변화가 생긴다. 1년에 봄, 여름, 가을, 겨울로 계절이 네 번 바뀌는 것을 사계절이라 하였다. 절기는 사계절 구분만으로는 다 표현할 수 없는 미세한 계절의 변화를 스물네 개로 세분해 이름 붙인 것이다. 스물네 개의 '작은 계절'인 셈이다. 한 계절은 여섯 개의 절기로 나뉜다. 이렇게 지구의 쉼 없는 공전으로 계절이 바뀌며 1년이 가고 오는 것이 우주의 흐름인 것이다.

인간은 이 자연, 우주 속에 살아가는 하나의 작은 우주소우주다. 자연의 기운 변화에 적응하며 살아야 하는 존재인 것이다. 자연의 변화와 흐름에 순응하며 사는 것이 인간이 생명을 유지하는 길이기 때문이다. 인간의 생명은 음식을 먹음으로써 유지된다. 그렇다면 생명을 유지하기 위해 우리는 어떤 음식을 먹어야 할까? 자연의 기운을 듬뿍 받은 음식을 먹되, 환경의 변화에 몸이 적응할 수 있게 도와주는 음식을 먹어야 한다. 절기음식은 이 땅에서 살았던 우리와 같은 유전자의 조상들이 먹고 계절 변화에 적응해 살아남은 검증된 음식이며, 최적화된 음식인 것이다.

자연환경의 변화는 내 몸 밖의 온도가 달라진다는 걸 의미한다. 우리 몸은 36.5도를 유지해야 건강을 유지할 수 있다. 이 항상성이 깨지면 병이 나거나 죽는다. 여름철 폭염이 이어질 땐 영상 36도를 넘기기도 하고 한겨울 혹한이 찾아오면 영하 20도까지 떨어지기도 한다. 한여름과 한겨울의 최고 기온차가 50도 이상 날 수도 있는 것이다. 여름에는 보리밥, 겨울엔 흰쌀밥이란 말이 있다. 더위가 극심한 여름철엔 가을에 심어 추운 겨울을 나며 냉기 품은 보리밥으로 몸속 온도를 낮추고, 겨울에는 5월에 심은 모가 6, 7, 8, 9월의 뜨거운 태양을 받으며 여문 따뜻한 쌀밥으로 추위를 녹였다. 그뿐인가? 쌀밥으로도 모자라 양기 가득한 좁쌀을 넣은 노란 조밥으로 추운 겨울을 났다. 자연의 기운이 가득한 음식으로 더위도, 추위도 이긴 것이다.

우리는 100년 뒤 후손에게
어떤 '요리하는 이야기'를 전해줄 것인가?

전국의 요리하는 사람들을 만나다 보면 "그 동네엔 뭐 먹을 만한 것이 있소?" 하며 은근히 충북 음식을 낮춰보는 경향이 있다. 그도 그럴 것이 온통 산과 들로 둘러싸인 내륙의 식재료는 감칠맛을 낼 만한 게 없다. 유일하게 자랑할 만한 것이 발효음식 정도가 아닐까. 콩으로 띄운 메주와 메주로 만든 장, 그리고 간장, 된장, 고추장으로 만든 각종 장아찌 종류가 주를 이룬다. 변변찮게 자랑할 만한 음식이 없다 보니 그런 소리를 듣고도 대꾸 한번 제대로 하기 어려웠다. 하지만 요즘은 100년 전 요리책《반찬등속》이 등장하면서 뭔가 전세가 역전되는 분위기다.

《반찬등속》은 1913년 청주의 진주 강씨 집안에서 해 먹던 음식 조리법을 옛 한글로 쓴 충북 최초의 요리책이다. 당시 청주의 양반가에서 어떤 음식을 해 먹었는지 자세히 기록돼 있다. 타 지역에서 백 가지 산해진미가 있어도 충북의《반찬등속》같은 확실한 전통 요리책 한 권 있는 게 더 낫다며 내심 부러운 눈길을 받는다. 나는 고증을 거쳐 충북 최초의 고古 조리서《반찬등속》에 적힌 100년 전 음식 46종을 되살려냈고, 1년 과정으로 진행하는 100년 전 음식 전수 교육에는 해마다 희망자가 넘친다.

몇 년 전 팔도의 음식 명인들이 출연해 지역의 자존심을 걸고 손맛 대결을 벌이는 경연에 충북 대표로 출전했다.〈한식대첩〉이라는 프로그램인데, 그곳은 마치 큰 전쟁터 같았다. 각 지역에서 뽑혀 온 한식 고수들은 하나같이 쟁쟁했고 그들이 공수해 온 식재료는 모두 화려하고 값나가 보였다.

충청도에서도 바다가 없는 충북은 한정적인 내륙의 식재료로 과연 어떤 요리를 해야 이길 수 있을까? 얼른 답이 나오지 않았다. 그러나 우리 팀은 고수가 연장 탓을 하지 않는다는 말처럼 평범한 식재료를 자유자재로 요리하며 매 경합마다 높은 점수를 받았다. 100년 고古조리서 팀으로 출전해 잔치 음식을 주제로 벌인 일품대전에서 돼지고기의 다양한 부위를 활용한 요리로 우승을 차지했다. 이어지는 경합에서도《반찬등속》에 소개된 화병과 육회를 선보여 호기심을 불러일으켰고, 소고기를 주제로 한 요리대전에서는 안심에 자연산 버섯을 넣어 끓인 전골 요리로 심사위원들의 호평을 받았다. 그렇게 진군을 거듭해 마침내 최종 경합에서 4강에 올랐다. 우승만큼 값진 결과였다.

이미 100년 전 후대를 위해 '반찬 만드는 이야기'를 남긴 조상은 어떤 마음에서 기록을 남겼을까? 할머니에서 어머니로 이어져 온 요리법이 후손들에게 전해져 잘 먹고 건강하길, 그리하여 더욱 자손들이 번성하길 바라는 마음이 아니었을까.

《반찬등속》의 음식뿐만 아니라 한국인의 생활풍습과 음식문화를 엿볼 수 있는 절기음식은 우리 조상이 후손에게 물려준 훌륭한 음식문화유산이다.

봄.

따뜻한 햇살을 따라 남쪽으로 입춘 여행을 떠났다.
눈 속에서 매운 나물을 찾아 오신반을 차리고,
초록밀밭을 밟으며 생명의 기운을 받았다.
겨울을 뚫고 올라온 봄나물은 몸 속 에너지가 되어
잃었던 입맛을 살려주고 활력이 넘치게 했다.
어느새 온갖 꽃들이 피고 나무에서는 초록빛 잎사귀가 돋아났다.
논밭에 농부는 희망의 씨를 뿌리고 모종을 심느라 손길이 바빴다.

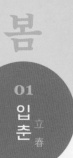

봄

01
입춘 立春

한 해를 24절기로 나눈 첫 번째 절기, 입춘

입춘의 '입立'은 '시始'와 같은 의미로 봄이 처음 시작됨을 알리는
절기다. 봄의 시작이자 24절기의 시작을 알리는 절기인 입춘은 1년
365일 태양을 한 바퀴 돌아온 지구가 겨울을 지나 다시 봄의 문지
방을 넘는 날로 양력 2월 4일 무렵이다. 서귀포 지역에서는 입춘을
'새 철 드는 날'이라고 부르며 한 해의 시작으로 보았다.
언 땅이 녹고, 동면하던 벌레가 움직이기 시작하고, 물고기가 얼음
밑을 돌아다닌다고 했다.

눈 속에서 찾은 봄!

오신반
五辛飯

애탕
艾湯

"남녘 제주에선 동백이 꽃망울을 터뜨리고 바닷바람에서 미세한 온기가 느껴지네요"라는 기상캐스터의 입춘 절기 소식은 움츠린 가슴을 펴게 했다. 대문을 열고 나서니 이곳 충청도 내륙에는 아직도 동장군이 자리를 비켜주지 않으려는 듯 몹시 추웠다. '입춘에 항아리 깨진다'는 말이 실감났다. 그러나 약속한 대로 입춘놀이를 떠났다. 눈 쌓인 피반령 고개를 굽이굽이 돌아 도착한 곳은 보은에 있는 온제향가라는 농가 맛집이다. 산속에 있는 이 집은 삼남매가 오순도순 운영하고 있다. 집에 들어가려니 대문에 붙은 입춘대길立春大吉, 만사형통萬事亨通이라는 춘첩이 먼저 반겨주었다. 봄을 기다리는 주인장의 마음이 봄을 앞당겨 부른 것 같았다.

입춘이 되면 하늘에서는 낮의 길이가 길어지고, 동녘에선 따뜻한 바람이 불어온다. 땅에서는 얼음이 녹아 물이 흐르고, 땅에 뿌리를 박고 사는 식물과 나무는 영양분을 빨아올려 생기를 되찾기 시작한다. 천지天地의 살아있는 생명체는 봄을 향해 달려가고 있는데 사람의 몸은 아직 겨울잠에서 깨어나지 못하고 있다. 조상들은 일찌감치 입춘에 움파, 산갓, 당귀싹, 미나리싹, 무싹 등 향이 강하고 매운맛이 나는 오신채五辛菜를 먹었다. 오신채는 오장육부五臟六腑의 기혈을 잘 통하게 하고 어혈을 풀어 몸의 균형과 조화를 이루게 한다. 마치 엄마가 아침에 일어나지 못하는 어린아이를 깨우듯이 오신채는 겨울잠에서 깨어나지 못하는 몸을 깨우는 것이다.

매운맛은 음식의 맛을 조정하여 식욕을 촉진시키고 동시에 소화를 돕는 효과가 있다. 따라서 모든 요리의 재료에는 매운맛 성분을 함유하는 향신료가 들어간다. 한의학적으로 매운맛은 뭉친 것을 흩어지게 하는 발산發散작용을 하고, 기혈이 잘 돌아가게 이끌어주는 작용을 한다. 그러므로 혈액의 유동 중어느 한 곳이 뭉쳐서 생긴 어혈과 기氣 체증을 치료한다. 또한 감기 초기 증상인 오한, 발열, 무한증땀이 안 나는 증상, 두통, 몸살 등을 치료하는 데 효과가 있다.

'온제향가' 주인장을 따라 오신채 나물을 찾으러 눈밭으로 나갔다. 허허벌판은 하얀 눈으로 덮여 아무것도 보이지 않았다. 숨바꼭질하듯 여기저기 눈을 헤쳐 보았다. 눈 속에서 새순이 파릇파릇하게 올라오고 있었다. 지난해 남겨둔 갓이었다. 그 옆에서 연초록으로 가늘게 생명을 연명하고 있는 쪽파도 발견했다.

'어머, 이게 살아 있었다니!'

꽁꽁 언 땅에서도 죽지 않고 살아 있는 생명력이 경이로웠다. 손을 내밀어 어린 갓을 뜯고, 땅속 깊숙이 나무칼을 넣어 뽀얀 쪽파 줄기를 잘랐다. 어느새 바구니에 초록색 나물이 수

갓

움파

북하게 쌓였다. 손은 시리고, 귀는 빨개지고, 콧물이 줄줄 흘렀지만 눈 속에서 찾은 나물이 주는 기쁨과 감동으로 입춘놀이가 즐거웠다.

오신반

- 쪽파는 소금물에 데쳐 소금과 참기름으로 고소하게 무친다.
- 갓은 손으로 뜯어서 식초, 매실청, 고춧가루를 약간 넣어 겉절이로 무친다.
- 달래는 다진 후 간장, 깨소금, 참기름을 섞어 빡빡하게 달래장을 만든다.
- 미나리는 짧게 잘라 깨소금, 고춧가루, 소금으로 살짝 무친다.
- 당귀싹은 깨소금, 참기름, 소금으로 향기롭게 무친다.
- 밥을 그릇에 푸고 무친 나물을 얹는다.

애탕

· 쑥은 소금물에 데쳐 꽉 짜서 물기를 뺀다.

· 데친 쑥을 다지고 쇠고기도 다진 다음 합하여 양념을 하여 치댄다.

· 완자를 빚어 밀가루, 계란 옷을 입힌다.

· 쇠고기 양지머리 육수 국물에 완자를 넣어 떠오를 때까지 끓인다.

　(약한 불에서 완자를 익혀야 계란 옷이 벗겨지지 않는다.)

금방 무친 나물로 상을 차렸다. 그리고 이웃집 어른들을 오시라고 했다. 뜻밖의 초대에 환한 웃음을 지으며 들어와 앉으신다. 널찍한 그릇에 갓 지은 밥을 푸고, 나물을 올린 후 숟가락으로 달래장을 듬뿍 얹어 비볐다. 누가 먼저랄 것도 없이 숟가락 가득 나물밥을 떠서 크게 한입 넣는다. 매콤하고도 알싸한 맛이 입안 가득 퍼졌다. 씹을수록 달달한 맛이 혀를 감쌌다. 애탕국에 들어 있는 완자를 씹는 순간 쑥향이 혈액을 타고 흐를 것만 같았다. 반찬 그릇마다 담긴 나물이 싹싹 비워지고, 푸짐한 나물밥이 사라지면서 배가 불러왔다. 잠자던 세포들이 깨어나기 시작하고 늘어진 기운이 요동치는 것 같았다. 어느 순간 어깨가 펴지고 자신감도 생겼다. 새로운 시작에 혼자가 아니라 가족과 이웃이 함께한다는 설렘이 가슴에 밀려왔다. 이제 오는 봄을 향해 힘차게 달려갈 것이다.

밀밭 밟기

밀산자

약과

　나는 그녀가 좋다. 그녀는 괴산에서 청주까지 대중교통을 이용해 일주일에 한 번씩 일 년 과정으로 진행하는《반찬등속》요리 수업에 하루도 빠짐없이 출석했다. 검게 그을린 얼굴은 천생 시골 아낙 같은데 수업 시간만 되면 눈빛이 초롱초롱하고 말씨도 야무졌다. 알고 보니 명문대학을 졸업하고 유학까지 다녀온 재원이다. 본인이 추구하는 삶을 찾아 시골로 내려와 토종 밀농사를 지어 그 밀로 빵을 만든다고 했다. 그녀와 이야기를 나누다 보면 우리의 토종 먹거리를 지켜야 하는 이유가 확실해진다.

　그녀의 이름은 성수정, 괴산군 칠성면 미루마을에 살고 있다. 언젠가는 성수정 씨가 농사짓는 밀밭에 직접 가보리라 마음먹고 있었는데 방송일로 찾게 되었다. 설날 먹을 수 있는 과자를 우리 밀로 만드는 과정을 소개하기로 했다. 토종 밀농사가 종적을 감추고 수입 밀로 전통 과자를 만드는 것이 당연시되어버린 요즘 토종 밀로 전통과자를 재현해보자는 취지였다.

성수정 씨를 따라 산 아래로 갔다. 밀밭은 맑은 하늘과 짝을 이루어 바라보는 것만으로도 눈이 시원했다. 엄동설한嚴冬雪寒에도 밀은 초록빛 싱그러움을 간직하고 있었다. 가을에 심어 겨울을 나고 늦은 봄에 수확하는 밀농사가 매우 힘들다고 했다.

"하지만 저에게 농사는 즐거운 놀이고, 살아 있음을 느끼게 하는 일이에요."

입춘 무렵 밀을 밟아주면 서릿발 피해를 막아 튼튼하게 자라고 새롭게 가지를 뻗어 수확도 늘어난다고 한다. 밀 밟기는 특별한 기술이 필요없고 그냥 밀을 발로 꾹꾹 누르기만 하면 되었다. 우리는 밭 가장자리부터 시작해 가운데로, 다시 중앙에서 가장자리로 산등성이를 오르락내리락하면서 밀을 밟았다. 그녀가 농사짓는 이야기를 들으면서 밀을 밟는 동안 초록빛 기운이 내게도 전해졌는지 기분이 상쾌하고 머리도 맑아졌다.

추운 겨울을 견디고 자란 밀은 성질이 차고 맛은 달다. 단맛은 기력을 더해 장과 위를 튼튼하게 하고 오장五臟을 북돋운다. 오랫동안 먹으면 몸이 실하게 된다고《동의보감東醫寶鑑》에 기록되어 있다.

그녀는 100년 전 청주 지역의 식문화를 기록한《반찬등속》에서 배운 밀산자를 그녀의 방식으로 만들어 보였다.

밀산자

· 토종 앉은뱅이밀가루에 생강즙을 약간 넣는다.
· 밀가루에 호박가루, 자색고구마가루, 쑥가루를 각각 섞어 삼색 반죽을 준비한다.
· 비닐에 싸서 2시간 정도 숙성한 후 반죽을 밀대로 밀어 얇팍하게 편다.
· 네모가 반듯하게 한입 크기로 자른다.
· 밀가루 반대기를 저온에서 바삭해질 때까지 튀긴다.
· 튀긴 반대기를 조청에 담갔다 꺼낸 다음 쌀튀밥 가루를 묻힌다.

시중에서 판매하는 밀가루와 토종 밀가루는 질감부터 달랐다. 연구하는 자세로 재료를 정확하게 계량하여 반죽하고 기름의 온도와 튀겨지는 속도를 확인하면서 정성을 기울였다. 밀가루 반대기를 높은 온도에서 튀기면 부풀어올라 모양이 얌전하지 못하다. 그러므로 산자는 낮은 온도에서 서서히 느긋하게 튀겨야 한다. 튀긴 반대기의 기름을 빼고 쌀 조청에 담갔다 꺼낸 다음 반 정도 빻은 쌀튀밥을 묻혔다. 호박색, 자색, 쑥빛이 하얀 튀밥 사이로 은은하게 비치는 품격 높은 과자가 완성되었다.

앉은뱅이밀가루에 꿀을 넣은 약과도 만들어 보았다. 꿀은 식용과 약용으로 널리 사용된다. 민간에서는 만병통치약처럼 쓰였다. 특히 꿀은 감기, 심한 기침, 딸꾹질, 피로회복 등에 효과가 있으며 위를 보호하고 입술이 거칠어지는 것을 방지하며 피부 미용에 좋다고 알려져 있다. 이처럼 약효가 좋은 꿀로 음식을 만들면 음식 이름 앞에 '약藥' 자를 붙인다. 약밥, 약과, 약고추장 등은 모두 꿀이 들어간 음식이다.

종일토록 복잡한 과정을 거쳐 산자와 약과를 완성했다. 밀산자는 바삭하면서도 달콤한 것이 매력적이고 약과는 부드러운 식감과 묵직한 단맛이 고급스럽다. 산자와 약과를 한 개씩 비닐 포장을 하고 다시 예쁜 상자에 담았다. 빨간색 끈으로 묶어 선물 꾸러미를 만들었다. 이번 설에는 소중한 분들께 100년 전 과자의 특별한 맛을 선물하리라.

약과

- 밀가루에 소금, 참기름을 넣고 손으로 비벼 체로 내린다.
- 꿀과 청주를 넣고 한 덩어리로 약과 반죽을 한다.
- 반죽을 밀어 반으로 접어 겹치기를 두세 번 반복한다.
- 예쁜 꽃 모양 틀로 찍는다.
- 기름 솥에 넣어 황금색이 될 때까지 서서히 튀긴다.
- 조청에 꿀, 생강즙을 섞어 잠시 끓여 집청물을 만든다.
- 튀긴 약과를 집청물에 담가 단맛이 속까지 스미도록 둔다.

입춘立春

계절의 시작과 농사의 시작을 알리는 상징적인 절기

입춘에는 궁중에서나 사대부 집안, 민가에서도 여러 풍속이 행해졌다.

먼저 입춘이 되면 사람들은 대문이나 기둥, 아파트 현관 입구에 좋은 글귀를 써서 붙인다. 이 글귀를 입춘축이라 하고 입춘방, 입춘첩이라고도 하는데 가장 인기 있는 문구는 입춘대길立春大吉 건양다경建陽多慶으로 봄이 시작되니 크게 길하고, 경사스러운 일이 많이 생기길 바란다는 뜻이다. 또는 땅을 쓸면 황금이 나오고, 문을 열면 온갖 복이 들어온다는 내용의 소지황금출掃地黃金出 개문만복래開門萬福來가 있다. 요즘은 입춘축을 붙이는 가정이 많이 줄었지만 한 해의 안녕과 풍요를 소망하며 붙이는 입춘축은 입춘날 입춘시에 붙이면 "굿 한 번 하는 것 보다 낫다"고 할 만큼 봄을 신성하게 맞이하던 우리 민족에게 상징적인 풍속이었다.

입춘날 제주에선 입춘 굿을 했고, 강릉에서는 봄을 맞이하는 제사를 올리고, 흙으로 만든 소를 몰고 밭을 가는 시범을 하며 풍년을 기원했다.

입춘점을 치며 풍년을 기원하다

농가에서 입춘일은 농사의 기준이 되는 24절기의 첫 번째 절기이기 때문에 입춘에 한 해 농사의 풍흉을 알아보는 점을 쳤다. '보리뿌리점'은 입춘날 보리밭에 가서 보리 세 개를 뽑아보고 보리 뿌리가 세 가닥이면 풍작, 두 가닥이면 평작, 한 가닥이면 흉작일 것으로 짐작하던 풍속이다. 충북 청주에서는 2월 6일 초저녁에 좀생이별과 달의 위치를 통해 한 해 농사의 풍흉을 점치는 '좀생이점'을 치기도 했다. 달이 고삐를 끄는 것처럼 좀생이별이 멀리 떨어져 있으면 풍년이 들고 달 앞에 있으면 흉년이 든다고 여겼다.

아무도 모르게 많은 사람에게 좋은 일을 하라

입춘을 기리는 수많은 세시풍속 가운데서도 가히 백미라고 할 만한 것이 있으니 '적선공덕행積善功德行'이다. 왼손이 하는 일을 오른손이 모르게 하라는 서양 속담처럼 아무도 모르게 많은 사람에게 좋은 일을 하는 풍속이다. 이를테면 밤중에 냇물에 가 마을 사람들이 건너다닐 징검다리를 놓는다든지 가파른 고갯길을 깎아 놓는다든지 하는 선행을 아무도 모르게 해야 한 해의 액운을 면할 수 있다고 믿었다.

봄이 시작되는 입춘에는 어떤 음식을 먹었을까?

지역마다 차이가 있지만 한겨울 추위를 견디고 돋아난 다섯 가지 매운맛이 나는 햇나물로 만든 오신채五辛菜는 대표적인 입춘 절식이다. 궁중에서도 임금님의 수라상에 오신채를 올리고 민간에서는 세생채歲生菜라 하여 햇나물을 요리해 이웃과 나눠 먹었다. 오신채를 준비하지 못한 계층에서는 파를 고추장에 찍어 먹는 것으로 대신하기도 했다. 함경도와 강원도에서는 봄나물 대신 명태순대를 먹었고 경상남도는 팥죽, 충청도는 보리밥을 먹어야 농사가 잘된다고 믿어 입춘에 팥죽과 보리밥을 먹는 풍습이 있었다. 함경남도에서는 입춘에 무를 먹으면 늙지 않는다고 하여 무를 먹었다.

우리 조상들은 어쩌면 이리도 아름다운 풍속으로 새해 첫 절기인 입춘을 기린 것일까? 땅기운 듬뿍 받은 햇순으로 겨우내 정체된 몸의 정기를 새로이 하고 소박한 음식도 서로 나눠 먹으며 화합을 다지는 날! 우리도 입춘이 되면 말없이 주변을 보살피던 미풍양속을 살려가면 좋겠다.

봄

눈이 녹아 비가 된다는 우수

양력 2월 18일경으로 '우수'라는 말은 눈이 녹아서 비가 된다
는 뜻이다. 어렸을 적 어른들이 "오늘이 우수구나. 우수, 경칩
에 대동강 물도 풀린다고 했으니 이제 봄이다" 하시던 게 기억
난다. 대동강은 한반도의 최북단에 있는 강이니 대동강 물이
풀렸다면 한강 물은 더 먼저 풀렸으리라. 이제 천지간에 봄기
운이 돈다.

옛날에는 우수가 되면 수달이 물고기를 잡아다 늘어놓고, 기
러기가 북쪽으로 날아가며, 초목에 싹이 튼다고 했다.

장맛은 물맛!

정월장

맥적구이

새벽에 일어나 몸을 깨끗이 씻고 머리도 정갈하게 빗었다. 장을 담그러 수정산농원에 가기 위해서다. 난 아직도 수정산 농원을 처음 방문했던 날의 기억이 생생하다. 지인이 나에게 특별한 점심을 대접하겠다며 음성 읍내를 지나 산속으로 데 려갔다. "이런 산속에 무슨 식당이 있어요?"라고 물으니 후회 하지 않을 것이라며 차를 몰았다. 산길을 따라 얼마나 올라갔 을까? 길 끝에 수정산농원이라고 쓰인 간판이 우리를 맞아주 었다. 안으로 들어가니 달래를 넣어 끓인 된장찌개, 간장으로 무친 묵나물, 된장 양념을 발라 구운 맥적까지 모두 손수 담근 장으로 맛을 낸 음식이 차려져 있었다. '음식 맛은 장맛에서 난다'는 말의 진가를 알게 해주는 음식들이었다.

절기상 우수는 겨우내 꽁꽁 얼었던 땅이 녹아 물이 된다는 절기다. 좋은 물을 구할 수 있는 시기가 되었다고 할 수 있다. 그래서일까? 우수가 속해 있는 정월에 담근 장을 최고로 친다. 정월 중에서도 손 없는 날을 택하는데 십이간지 중 말馬 날이 좋은 날이다. 수정산 농원의 마당에 들어서니 백오십 개나 되는 장독이 나란히 줄 맞추어 서 있다. 친정 할머니 때부터 대대로 장을 담갔다는 항아리부터 시아버지께서 지게에 지고 십 리를 걸어오셨다는 독까지 저마다 사연을 간직하고 있다.

장맛 좋은 곳이 사람 살기에도 좋은 곳이다. 산속이라 공기는 깨끗하고 햇볕도 잘 들어 낮에는 독이 달구어지고 밤에는 식는다. 주변에 소나무가 있어 봄이면 송화가루가 날려 잡균

메주

의 번식을 막아준다. 사실 우리가 먹는 된장, 간장은 곰팡이 덕에 맛이 난다. 콩에 들어 있는 단백질은 미생물에 의해 분해가 되면서 비로소 제맛이 나는 것이다. 따라서 한 해의 장맛은 메주에 좋은 곰팡이가 피는지의 여부에 달려 있다. 남궁영자 씨는 지난 가을 수확한 해콩으로 메주를 쑤어 겨우내 황토방에서 띄웠다고 한다. 오늘은 그 메주로 장을 담그는 것이다.

황토방에서 띄운 메주에는 흰색과 노란색 곰팡이가 꽃처럼 피어 있었다. 장을 담그려면 소금부터 물에 풀어야 한다. 크기가 같은 큰 항아리 두 개를 나란히 놓고 항아리에는 물을 가득 채우고 또 다른 하나에는 대바구니를 독 주둥이에 얹어 시야촘촘한천를 깐 뒤 그 위에 3년 묵은 천일염을 가득 채운다. 그리고 물을 떠서 소금 위에 한 바가지씩 붓는다. 그러면 독 안으로 희뿌연 소금물이 주룩주룩 떨어진다. 소금물이 가득 차면 계란을 띄워 염도를 맞추고, 맑아질 때까지 그대로 둔다. 메주는 솔로 문질러 곰팡이를 대충 떨어낸 후 소금물에 담가 나머지 곰팡이도 재빠르게 씻어 말린다. 물 먹은 메주로 장을 담그면 간장이 탁해지기 때문에 메주 씻기는 한눈팔 새 없이 재빨리 해야 한다.

장 담그기

- 좋은 물에 3년 묵은 천일염을 풀어준다.
- 계란을 띄워 오백 원짜리 동전 크기만 하게 떠오르는지 확인한다.

  (염도계로 측정하면 정월장은 18보오메, 삼월장은 21보오메에 맞춘다.)
- 항아리는 물로 먼저 씻고 짚불을 태워 연기로 안을 소독한다.

  (세제를 사용하면 절대 안 된다.)
- 항아리에 메주를 차곡차곡 담고 소금물을 붓는다.
- 대추, 고추, 달군 숯을 띄운다.

40일을 기다렸다가 장 가르기를 하는데 메주를 모아서 으깨면 된장이 되고, 소금물을 모으면 간장이 된다. 그런 다음 자연에 맡겨 숙성시킨다. 대개 6개월 후부터 먹지만 수정산 농원은 꼬박 2년 동안 숙성시킨다. 간장은 오래 묵을수록 맛이 깊고 약효도 좋아진다.

《동의보감東醫寶鑑》에 장醬은 성질은 냉하고 맛은 짜고 신맛이 있다고 했다. 열을 없애주고, 답답하고 그득한 것을 멎게 하며, 모든 생선·고기·채소·버섯을 먹고 중독된 것을 풀어주고 약으로 생긴 독과 열에 상했거나 불에 덴 독을 없애준다고 했다.

항아리에서 금방 떠온 된장은 황금빛이 감돌며 깊고도 칼칼한 맛이 났다. 이 된장으로 맥적구이를 만들어 주셨다. 맥적은 돼지고기에 된장 양념을 발라 숯불에 굽는 음식으로 임금님 수라상에도 오른 음식이다. 숯불을 피우고 양념에 재운 고기를 구웠다. 고기 굽는 냄새가 사방으로 퍼졌다. 어느 사이에 잠자던 강아지도 일어나 꼬리를 흔들고 있다.

맥적구이

• 된장에 양파즙, 매실청, 다진 마늘, 다진 파, 깨소금, 참기름을 섞어
  걸쭉한 양념장을 만든다.
• 두툼하게 썬 목살에 양념장을 붓고 주무른다.
  (1일 정도 숙성시키면 더욱 부드럽다.)
• 숯불에 고기를 올려 앞뒤로 노릇하게 굽는다.
  (프라이팬에 구워도 된다.)

철들어가며

산야초고추장

묵나물비빔밥

"아줌마!" 하고 거칠게 부르는 소리가 내 뒤통수를 때렸다. 순간, "나?" 하고 고개를 돌려 시선을 멈추었다. 나를 '아줌마'라고 부르는 사람은 고추 장사였다. 익숙하지 않은 호칭에 왠지 모르게 어색하고 민망했다. 쭈뼛쭈뼛 어찌할 바를 모르는데 그는 "아줌마, 고추 사요" 하면서 말을 잇는다. 지금이 고추장 담기에 딱 맞는 철이라며 태양초로 고추장을 담아야 색이 곱고 맛있다고 덧붙였다. 대책 없이 태양초를 사가지고 집에 왔다.

"나는 왜 아줌마라는 말에 적응이 안 될까? 아직도 그 호칭에 어색하단 말야?"

혼자 중얼거리며 생각에 잠겼다. 학생에서 아가씨, 아가씨에서 새댁, 새댁에서 아줌마로 호칭이 바뀔 때마다 나는 삶의 큰 산을 넘었다. 그러면서 철이 들었다.

철이 든다는 말은 '계절의 변화에 적응하여 산다'는 뜻이다. 그럼 '철이 든 아줌마'라면 어떤 사람일까? 혼자 물어본다. 대답은 제철 재료로 음식을 만들어 가족 건강을 챙기고, 다가올 다음 계절에 대비하여 미리 저장 음식을 준비하는 주부일 것이다. 그렇다면 나도 철든 아줌마의 진가를 발휘해보리라 맘먹었다. 날이 더워지기 전에 서둘러 고추장을 담기로 한 것이다. 그것도 보통 고추장이 아니라 산야초고추장 담기에 도전했다. 평소 알고 지내던 지인으로부터 산야초고추장을 담는 박영자 선생님 이야기를 들은 기억이 났다. 수소문 끝에 어렵사리 그녀에게 연락이 닿았다.

청주의 도심지를 빠져나가 도착한 곳은 외곽 낭성면 조용한 시골마을이다. 선생님 댁 마당에 내리는 봄햇살은 더없이 밝고 부드러웠다. 어제는 봄을 재촉하는 비가 내렸다. 촉촉이 젖은 땅에서는 여린 풀들이 삐죽이 잎을 내밀고, 양지쪽 매화나무에는 꽃망울이 맺혔다. 봄이 스멀스멀 다가오고 있었다.

마당 한편 가마솥에서는 벌써 하얀 김이 힘차게 뿜어져 나오고 있었다. 박영자 선생님은 솥뚜껑을 열어 오가피, 꾸지뽕, 헛개나무 등 갖가지 약재를 보여준다. "이게 내가 봄부터 차곡차곡 준비한 것이여" 하면서 산야초고추장 만드는 방법을 설명하기 시작했다. 그녀가 담는 산야초고추장은 6단계를 거쳐야 하는 고단한 작업이었다.

- 마른 고추는 씨를 빼고 방앗간에서 고추장용으로 곱게 빻는다.
- 보리밥을 지어 따뜻한 곳에서 이불을 덮어 3일간 띄운다.
- 오가피, 꾸지뽕, 헛개나무 등 갖가지 약재를 3시간 이상 푹 달인다.
- 산야초 달인 물에 엿기름가루를 풀어 보자기에 걸러 엿기름물을 준비한다.
- 엿기름물에 찹쌀가루를 풀어 조청이 될 때까지 6시간 곤다.
- 산야초 조청이 완성되면 고춧가루, 띄운 보리밥, 소금을 섞는다.

고춧가루는 빻았고 보리밥은 미리 준비해놓았다고 하니 오늘은 산야초 물 달이기부터 시작하면 되었다. 오래 달인 산야초 물은 갈색빛이 났다. 여기에 엿기름을 풀어 조금 기다렸다가 주머니에 거르고 다시 솥에 붓고 찹쌀가루를 넣어 휘휘 저어 풀었다. 그리고 아궁이에 작은 불씨를 피워 찹쌀풀을 삭히기 시작했다.

"새벽부터 밖에서 서성거렸더니 무릎이 시려워!" 하는 박영자 선생님을 따라 방에 들어가 담요를 무릎까지 덥고 따뜻한 한방차를 한 잔 마셨다. 그녀는 시집 와서 집안 살림에 보태려고 음식 장사를 시작했는데 입소문을 타고 손님이 몰려와 문전성시를 이루었다고 한다. 돈도 벌고 자식도 다 컸건만 남편이 먼저 하늘나라로 떠났다. 모든 걸 포기하고 싶기도 했지만 아침이면 지저귀는 새소리에 눈을 뜨고 봄이면 피어나는 꽃들과 이야기하며 산야초의 매력에 빠져들었다고 한다.

몸이 노글노글하게 풀릴 무렵 다시 밖으로 나가 불을 크게 지폈다. 그리고 나무 주걱으로 솥바닥을 젓기 시작했다. 김이 뿌옇게 올라오고 달착지근한 냄새가 진동했다. 꽤 오랜 시간이 지나자 물이 반으로 졸아들며 끈적끈적하고 달달한 조청이 완성되었다. 완성된 산야초 조청을 큰 그릇에 퍼서 한 김 나가면 띄운 보리밥, 곱게 빻은 고춧가루, 소금을 넣고 섞었다. 점점 주걱을 젓는 팔에 힘이 들어가고 등줄기에서는 땀이 흘렀다. 선생님과 교대로 번갈아 젓기를 몇 차례, 드디어 빨갛고 끈끈하고 매콤한 고추장이 완성되었다. 방금 담은 고추장에서는 메주 냄새가 나지만 시간이 지날수록 그윽한 약초 냄새가 살아난다. 산야초고추장은 양지쪽에서 3개월 숙성시키면 먹을 수 있단다. 겨울나기 준비가 김장이라면 여름나기 준비는 고추장 담그기다. 고추장 단지를 보니 마음이 든든하다. 여름 내 상추쌈도 싸고, 보리밥을 비비고, 초를 섞어 초고추장도 만들 것이다. 선생님께서 작년에 담갔다는 산야초고추장을 떠오셨다.

산야초고추장

고추장을 흰쌀밥에 비벼 맛보았다. 빨간색 옷을 입은 밥알이 살아 있다. 쫀득하게 씹히는 매콤한 맛이 일품이다. 거기에 보름 음식으로 준비한 묵나물을 넣어 비볐다. 박영자 선생님의 인생이 기쁨과 슬픔이 적당히 어우러진 드라마 같듯이 산야초고추장 비빔밥의 맛도 나물과 밥이 고추장에 잘 섞여서 참 맛있었다. 나도 선생님처럼 매콤한 인생의 참맛을 알아가는 철들어가는 아줌마이고 싶다.

묵나물비빔밥

우수雨水

정월장을 담그는 때

《성종실록成宗實錄》을 보면 우수에는 삼밭을 갈고 경칩에는 농기구를 정비하며 춘분에는 올벼는 심는다고 했듯이 우수는 새싹이 돋는 것을 기념하며 본격적인 영농을 준비하는 때다.

따라서 농가에서는 1년 농사에 필요한 거름을 준비하고 농사에 쓸 씨앗을 고른다. 겨울을 난 보리밭에는 거름을 주어 풍작을 기약한다. 또한 가수嫁樹라고 하여 나무를 시집보냈는데 유실수의 수확이 많기를 기원하며 나뭇가지에 돌을 끼워 넣는 풍속이다. 음력 정월에 속하는 우수 무렵은 장 가운데 으뜸으로 치는 정월장을 담그는 때다.

절기음식

우수의 정월장 외에 대표적인 음식으로는 오곡밥과 묵나물을 들 수 있다. 이 무렵이 정월대보름과 겹치기 때문이다. 또한 잘 익은 김장김치로 만든 김치전과 김치죽, 김치만두도 우수에 즐겨먹는 음식이다.

꽃샘추위가 찾아와요

봄비가 내려 초목에 싹이 튼다고 하나 '꽃샘추위에 반(설)늙은이 얼어 죽는다'는 속담처럼 우수 무렵은 꽃샘추위가 잠시 기승을 부리는 때이기도 하다. 하지만 자연의 섭리는 거스를 수 없는 법! 우수에는 눈과 얼음이 녹아 물이 되어 흐르듯한 해 계획한 일들이 순리대로 풀려나가길 바라자.

03
경칩 驚
蟄

개구리도 겨울잠에서 깨어나는 경칩

양력 3월 6일경, 음력 2월, 개구리가 겨울잠에서 깨어나고 벌레가 우레 소리에 놀라서 돌아 눕는다는 절기다. '경칩이 되면 삼라만상 이 겨울잠을 깬다'는 속담도 있듯 농촌은 이때부터 한 해 농사 준 비로 바빠진다. 보리와 밀 등 농작물은 경칩을 전후해 생육이 활발 해진다.

《한서漢書》에는 열 계啓 자와 겨울잠을 자는 벌레 칩蟄 자를 써서 계 칩啓蟄이라고 기록했는데, 후에 한漢 무제武帝의 이름인 계啓를 피 휘諱諱(임금의 이름자를 다른 글자로 바꿔 쓰는 것)하여 놀랄 경驚 자를 써서 경칩驚蟄이라고 했다.

할머니 요리가 최고!

냉이갈비찜

3월이다. 신입생, 새 학년, 신입사원이 새 출발을 하는 때이다. 환경은 새롭고 사람도 낯설어 긴장과 불안의 연속이다. 더군다나 영상과 영하를 오르내리는 변덕스런 초봄 날씨도 몸을 힘들게 한다. 심적인 스트레스와 환경적인 스트레스가 겹친다. 이럴 때는 면역력이 떨어져 어른은 감기에 걸리고 어린아이는 수두, 수족구병과 같은 전염성 질환에 걸리기 쉽다. 이제 막 나오기 시작한 봄나물은 면역력을 높이는 데 한몫한다. 그중 냉이는 전국 어디서든지 쉽게 구할 수 있는 천연 면역증강제다.

혹한의 겨울을 노지에서 보낸 냉이는 뿌리가 굵고 향이 진하다. 경칩 무렵에 채취한 냉이가 맛이 가장 좋다. 냉이로 된 장국이나 찌개를 끓이면 향긋하고, 나물로 무치면 식감이 좋아 잃었던 입맛을 살리는 데 더없이 좋다. 냉이를 캐러 어디로 가볼까 하던 중 자기 장모님 냉이 요리 솜씨를 자랑하던 사위가 떠올랐다.

최문연 할머니 댁을 찾아가는 날이다. 구름도 자고 가고 바람도 쉬어 간다는 추풍령에 그림 같은 쌍둥이 목조 주택 두 채가 나란히 서 있다. 왼쪽 집은 아들 내외가 오른쪽은 딸 내외가 산다. 삼대, 열한 명의 대가족이 모여 사는 집이다. 딸과 며느리가 모두 직장을 다니는 탓에 초등생부터 10개월 된 손녀까지 5명이나 되는 손주를 할머니가 돌본다. 몸집 작은 할머니는 손주들 등쌀에 지칠 만도 한데 얼굴에서 미소가 떠나지 않는다. "이 집 사위 되시는 분이 할머니의 냉이 요리 솜씨가 특별나다며 자랑이 이만저만한 게 아니에요!" 하자 손사래를 치며 얼굴을 붉히신다.

할머니를 따라 뒷동산 복숭아밭으로 냉이를 캐러 갔다. 땅에서는 아지랑이가 피어오르고 하늘에서는 종달새가 높이 떠 노래를 부른다. 고개를 숙여 땅을 살피니 자줏빛 냉이가 지천이다. 호미로 땅을 파고 힘주어 냉이를 뽑았다. 코끝에 대고 냉이향을 맡아보았다. 반가운 봄향기다. 땅속에서 보물찾기

냉이

하는 기분으로 냉이를 캤다. 이런 횡재가 또 어디에 있을까, 신바람이 났다. 그것도 농약 한 번 치지 않은 곳에서 자란 진짜 무공해 냉이라고 하니 마음을 푹 놓고 먹을 수 있겠다.

냉이 손질은 뿌리에 붙은 흙을 털어내고 떡잎을 떼어낸 후 흐르는 물에 살살 비벼 씻으면 된다. 찬물에 씻은 냉이는 하얀 뿌리 속살을 드러냈지만 내 손끝은 빨갛게 시려왔다. 할머니는 냉이로 된장국을 끓이고 손주들의 이유식 죽을 쑤고 튀김도 만들어 간식으로 먹인단다. 그뿐이 아니다. 푹 끓인 냉이 국물은 환절기 가족들의 목감기 약으로 쓰인단다.

한의학에서는 냉이를 제채薺菜라고 부른다. 꽃이 필 때 채취하여 햇볕에 말리거나 생풀로 쓴다. 냉이는 비장을 실하게 하며 이뇨·지혈·해독 효과가 있다. 그래서 당뇨병·소변불리·토혈·코피 등에도 처방한다. 냉이는 채소 중에서 단백질 함량이 가장 많으며 칼슘과 철분도 풍부해 성장기 어린이들에게도 좋은 봄나물이다. 나른해지기 쉬운 봄철에 춘곤증을 없애주고 입맛을 돋우는 데도 그만이다.

할머니가 가족들을 위해 만드는 봄철 건강식은 '냉이갈비찜'이다. 어린 손주들을 위해 맵지 않은 고춧가루로 붉은색을 내고 설탕 대신 과일로 단맛을 낸다.

"이 요리의 비법은 갈비를 먼저 익힌 다음 냉이를 넣는 거예요. 그래야 냉이향이 살고 질겨지지 않아요."

추풍령 땅 기운을 듬뿍 먹고 자란 냉이로 푸짐한 저녁밥상이 차려졌다. 삼대가 한자리에 모이니 자리가 비좁다. 갈비 한 대를 들어 뜯는다. 뼈에서 살이 쏘옥 빠진다. 보들보들한 갈비살이 냉이와 환상의 궁합을 이루었다. 입에 착착 감기는 기가 막힌 맛이다. 손주가 "할머니 요리가 최고!" 하면서 엄지척을 하자 할머니도 "우리 손주가 최고!" 하며 맞장구를 치신다. 봄향기 가득한 밥상에서 가족들의 사랑도 피어나고 있었다.

냉이갈비찜

- 돼지갈비는 찬물에 하룻밤 담가 핏물을 뺀다.

- 믹서에 고추장, 고춧가루, 간장, 마늘, 생강, 파인애플, 사과즙, 매실즙을 넣어 양념 국물을 만든다.

- 손질한 갈비에 양념 국물을 넉넉하게 부어 두어 시간 정도 재운다.

- 압력솥에 재운 갈비를 넣고 밤, 대추, 은행을 고명으로 올린다.

- 압력솥의 추가 20분 정도 흔들릴 때까지 끓인다.

- 뚜껑을 열고 냉이를 듬뿍 넣어 한소끔 더 끓여 완성한다.

고로쇠물, 디톡스에 최고

고로쇠물

고로쇠백숙

　창문이 흔들리는 소리에 잠을 깼다. 밖을 내다보니 바람이
불고 비까지 부슬부슬 내린다. 오늘은 고로쇠물을 받으러 가
기로 약속한 날이라 마음이 심란했다. 날씨가 좋고 바람이 없
어야 고로쇠물이 잘 나온다고 했기 때문이다. 민주지산의 터
줏대감 이점석 님께 전화를 걸어보았다.

　"좋은 날은 아니지만 못 할 것도 없쥬."

　그의 대답에 오늘 일정을 그대로 강행하기로 했다. 굽이굽
이 산길을 돌아 영동군 민주지산으로 향하는 길, 산 깊은 이곳
은 눈이 녹지 않아 겨울의 흔적이 남아 있었다. 다행히도 영동
에 도착하니 아침내 내리던 비가 그쳤다.

이점석 님의 안내로 민주지산을 오르기 시작했다. 계곡물은 얼음에서 풀려난 듯 신명나게 흘렀다. 나무들도 물이 올라 줄기까지 촉촉했다. 출발할 때의 걱정은 사라지고 봄이 오는 소리를 오감으로 즐겼다. 그렇게 30분쯤 등산로를 따라 올라가다가 비닐 주머니가 매달려 있는 나무를 발견했다.

사실 나는 산에 와서 직접 고로쇠물을 받는 것은 처음이었다.

"고로쇠나무가 어느 거예요?"

"고로쇠나무가 단풍나무처럼 생겨서 처음 보는 사람은 구분 못해요."

고로쇠나무도 단풍나무처럼 잎이 여러 갈래로 갈라져 있고 가을이면 노랑 또는 붉은색으로 물이 들고 겨울이면 얼어 죽지 않으려고 몸에서 물을 다 빼버린다. 봄이 오면 다시 물을 채우는데 고로쇠나무는 물을 많이 끌어올려 나무에 구멍을 뚫으면 수액이 밖으로 흘러나오는 것이라고 한다. 그러니 고로쇠물을 채취하는 사람은 나무를 한눈에 척 알아볼 수 있어야 한다. 언덕배기에 서 있는 고로쇠나무를 찾아 드릴로 물구멍을 내고 고무호스를 박은 다음 긴 비닐 주머니를 매달았다. 호스 구멍을 타고 수액이 방울방울 떨어지기 시작했다. 고로쇠 수액은 한 나무에서 약 7L 정도 받을 수 있는데 그것도 날씨가 좋아야 가능하다. 오늘 같은 악천후에는 어림도 없다고 한다. 해가 갈수록 인기가 높아져 밀려드는 주문량을 감당할 수 없다고도 했다.

고로쇠물의 인기가 높아지는 데는 봄 날씨가 한몫한다. 황사로 인해 미세먼지 농도가 점점 높아지고 있기 때문이다. 미세먼지는 천식, 염증 등을 악화시켜 폐암, 폐렴, 기관지염 등 각종 호흡기 질환을 일으킬 뿐만 아니라 눈과 피부에도 나쁜 영향을 미친다. 그래서 요즘 몸 속에 쌓인 독을 빼내는 고로쇠물 디톡스 요법이 유행한다.

예로부터 고로쇠물은 '골리수骨利水'라고 불렸다. 1100년 전 도선국사의 무릎을 펴주어 '뼈에 이로운 물'이라는 별칭이 붙게 된 것이다. 그도 그럴 것이 골리수에는 칼슘, 칼륨 등의 미네랄 성분이 물보다 30배 많이 함유되어 있어 '천연 칼슘제'라 불러도 무리가 없을 정도다.

해는 저물고 날은 추워지는데 무거운 물통을 들고 산을 내려가려니 앞이 깜깜했다. 세상에 공짜로 얻어지는 것은 없다는 말이 하필 오늘 통하게 될 줄이야! 고로쇠물을 들고 산을 내려오니 온몸이 땀으로 젖었다. 몸도 씻을 겸 참숯 찜질방으로 고로쇠물 디톡스 체험을 하러 갔다.

"고로쇠물의 효과를 제대로 보려면 뜨뜻한 방에서 이가 시릴 정도로 많이 마셔야 해요."

　찜질방 사장님이 알려주셨다. 나는 맛있어서 한 잔 더, 몸에
좋아 한 잔 더, 시원해서 또 한 잔 하면서 자꾸자꾸 고로쇠물
을 마셨다. 맛이 적당히 달아서 마시기에 좋았다. 가능하면 짧
은 시간에 많이 마시고 땀을 흘리면 효과가 좋다고 하여 벌겋
게 달궈진 숯불 앞에서 배가 불러오도록 고로쇠물을 마셨다.
거짓말 조금 보태 땀도 콸콸 나왔다. 몸은 점점 가벼워지고 피
부에서는 윤이 났다.

　디톡스로 독을 뺐으니 좋은 것으로 몸을 채워야 한다며 이
점석 님은 기르던 토종닭을 잡아 백숙을 끓여주셨다. 고로쇠
백숙을 맛있게 하려면 고로쇠물과 보통 물의 비율을 잘 맞추
어야 한다. 고로쇠물 1, 보통 물 3의 비율로 섞어 국이나 찌개,
물김치 등을 만드는 데 쓴다. 고로쇠물을 100% 사용하게 되
면 달달한 맛 때문에 오히려 거부감이 들 수 있기 때문이다.

　뽀얀 국물에 잠긴 토종닭은 열 명이 먹기에도 충분할 정도
로 푸짐해 보였다. 다리 한 짝을 손에 들고 뜯었다. 뜨거운 국
물을 마시니 속이 시원하게 풀렸다. 고로쇠물로 몸속 독소를
빼고 고로쇠 백숙으로 몸보신까지 했으니 올해 건강은 걱정
안 해도 될 것 같다.

• 토종닭을 잡아 털과 내장을 제거한다.

• 삼베 주머니에 황기, 엄나무, 겨우살이를 잘라서 넣는다.

• 압력솥에 손질한 닭과 한약재 주머니를 넣고 마늘, 밤, 대추도 넣는다.

• 고로쇠물 1, 보통 물 3의 비율로 섞어 부어준다.

• 압력솥의 추가 흔들리는 소리가 나면 40분 정도 푹 끓인다.

• 닭과 국물을 먼저 먹고 남은 국물에 불린 찹쌀을 넣어 다시 끓인다.

• 10분 정도 끓이면 죽이 완성된다.

경칩驚蟄

개구리알과 고로쇠수액

경칩은 집안일을 하기에도 적합한 시기로 경칩 때 벽을 바르면 빈대가 없어진다고 해서 흙벽을 바르거나 담벼락을 고쳤다. 지역에 따라서는 물에 재를 타서 담아 두기도 했다.

또한 경칩에는 한 해를 건강하게 보내기 위해 몸을 보하는 풍습이 전해오고 있다. 위장과 뼈에 좋다는 고로쇠나무의 수액을 마시는가 하면 개구리 알을 먹기도 했다. 전라도 지방에서는 개구리 알을 먹는 것을 흔히 '경칩 먹는다'고 하는데, 전라남도에서는 이것을 용 알이라 하여 '용 알 먹는다'고도 한다. 또 수원 지방에서는 '도롱뇽 알 먹는다'고 한다. 개구리 알을 먹으면 속병이나 기침, 신경통에 좋다고 믿었다. 개구리 알을 먹으면 양기를 보호할 수 있다는 속설 때문에 주로 남자들이 먹었다. 먹는 방법은 개구리 알을 건져 날로 삼키기도 하고 소주에 타서 마시기도 한다. 고로쇠나무의 수액은 '곡우 물보다 경칩 물'이라고 할 정도로 경칩 1주일 전후로 채취한 것을 최상으로 친다.

은행나무 아래에서 사랑을 약속했던 날

경칩은 토종 '연인의 날'이었다. 옛날에는 젊은 남녀가 서로의 사랑을 확인하기 위해 경칩을 맞아 은행을 선물로 주고받았고 날이 어두워질 때를 기다려 마을 동구 밖 은행나무 아래로 가서 수나무, 암나무를 돌며 천 년을 가는 은행나무처럼 변함없는 사랑을 약속했다고 한다.

봄

강남 갔던 제비도 돌아오는 춘분

춘분은 양력 3월 21일경으로 낮과 밤의 길이가 같다. 음양이
서로 반반인 만큼 추위와 더위도 같다. 춘분을 전후해 농가
에서는 봄보리를 갈고 춘경春耕을 하며 담도 고치고 들나물을
캐어 먹는다. 철 이른 화초는 파종을 하고 화단의 흙을 일구
어 며칠 남지 않은 식목일을 위하여 씨 뿌릴 준비를 하는 것
도 춘분 즈음이다.

봄철 피부를 지키세요!

딸기설기

딸기샐러드

딸기오미자
화채

화원 마당이 봄꽃들로 새단장했다. 꽃을 보니 내 마음도 동하기 시작했다. 예쁜 꽃이 보일 때마다 사들였다. 거름을 주고, 물도 주며 화단 가꾸는 재미에 폭 빠졌다. 그런데 어느 날 거울 앞에 서니 얼굴에 주근깨가 짙어지고 기미 그림자가 보였다. 자세히 보니 눈가에 주름까지 늘었다. 매일매일 자외선은 강해지는데 모자도 쓰지 않고 선크림도 바르지 않은 채 화단을 가꾼 게 원인인 것 같다. 오죽하면 '봄볕에는 며느리를 내보낸다'는 말이 나왔을까.

자외선은 체내에서 비타민 D를 합성하고, 살균작용을 하여 이롭기도 하지만 잔주름, 기미, 주근깨의 주범이 되고 심하면 피부노화, 피부암을 일으키기도 한다.

자외선으로부터 피부를 건강하게 지키려면 비타민 C가 필수적이다. 비타민 C가 가장 많이 들어 있는 과일은 딸기다. 딸기 100g에는 비타민 C가 80mg이나 들어 있어 레몬의 두 배가 된다. 딸기 3~4개약 70g 만 먹어도 하루에 필요한 비타민 C를 채울 수 있다.

신선한 딸기를 구하러 청남딸기농장을 찾았다. 하우스 안에는 하얀 딸기꽃이 만발했다. 푸른 잎 사이로 딸기도 빨갛게 익었다. 딸기 하나를 얼른 따서 입에 넣었다. "아이 셔!" 순간 인상이 찡그려진다. 농장 주인이 그런 내 모습을 봤는지 딸기 하나를 들어 보이며 "이것처럼 꼭지가 하늘로 향해야 제대로 익은 딸기예요" 하면서 익은 딸기 알아보는 방법을 가르쳐주었다. 제대로 익은 딸기에서는 단내가 났다.

딸기로 만들 수 있는 음식은 무엇이 있을까? 금방 딴 딸기를 들고 떡 전문가 송인순 님을 만나러 갔다. 그녀는 딸기설기, 딸기샐러드, 딸기화채 만드는 방법을 알려주겠다고 했다. 딸기떡을 만들려면 먼저 동결 건조한 딸기를 믹서에 갈아 가루로 준비해야 한다. 송 대표님의 손놀림이 쓰윽쓰윽 리듬을 타듯 움직이더니 빛깔도 모양도 예쁜 딸기 음식이 완성되었다.

딸기설기

- 멥쌀은 6시간 이상 불려 가루로 빻는다.
- 딸기가루를 섞어 체에 내린다.
- 설탕을 섞는다.
- 준비한 베이킹컵에 쌀가루를 반 정도 담고 그 위에 딸기잼을 올리고 다시 쌀가루를 덮어준다.
- 딸기를 고명으로 장식한다.
- 20분 찌고, 10분 뜸을 들인다.

딸기샐러드

• 믹서에 딸기 10개, 요구르트 1개, 꿀 1큰
 술, 식초 1큰술, 소금 1작은술을 넣는다.
• 잠깐 갈아주면 분홍빛깔 딸기드레싱이 된다.
• 샐러드 볼에 여러 가지 채소를 담고 딸기드
 레싱을 적당히 뿌려준다.

딸기오미자화채

• 마른 오미자를 찬물에 담가 9시간 우린다.
• 분홍색으로 변하면 면보에 거른다.
• 꿀을 타서 단맛을 적당히 맞춘다.
• 먹기 직전에 딸기를 썰어서 띄운다.

오미자五味子에 들어 있는 유기산은 식욕을 촉진해 잃었던 입맛을 찾아주고 에너지 합성을 도와 나른한 봄날 오후에 한 잔 마시면 식곤증이 사라진다. 또한 나들이나 운동 후 종아리가 당길 때 마시면 근육에 쌓인 젖산을 분해해 뭉친 근육을 풀어주는 효과도 있다.

딸기 음식으로 차려진 식탁은 화사하고 사랑스러웠다. 보기만 해도 행복이 밀려온다. 봄나들이 도시락엔 딸기설기를 싸고 딸기오미자화채도 같이 챙겨야겠다.

입맛이 없으시다고요?

봄나물요리

머위꽃튀김

원추리된장국

뒤뜰에 산수유꽃이 활짝 피었다. 내 마음에도 노오란 꽃물 결이 인다. 봄처녀처럼 살랑거리는 블라우스와 나풀거리는 치마를 차려입고 봄나물을 찾아 충북의 남쪽 영동군으로 향했다.

동네 입구에 들어서니 어디선가 와인 익는 냄새가 풍겼다. 그 냄새를 따라가니 '시나브로 와인'이라고 간판이 붙어 있다. 이 댁의 안주인 이성옥 님은 남편과 함께 포도 농사를 짓고 수확한 포도로 와인까지 생산하는 하우스와인 농장을 운영한다. 와인으로 유명세를 타고 있는 그녀가 오늘만큼은 봄나물 요리 솜씨를 보여주겠다고 한다.

먼저 나물을 구하러 집 근처 들판으로 나갔다. 초록빛 개망초와 곰보배추가 눈에 들어왔다. 감나무 아래 포근한 낙엽 이불을 들추니 빼꼼히 얼굴을 내미는 머위 순도 보였다. 실파처럼 잎이 가는 자연산 달래는 막상 캐보니 씨알이 굵다. 양지쪽 언덕에는 난초같이 이파리가 매끈한 원추리가 뾰족하게 올라오고 있었다. 기쁨의 연속이다. 어느새 개망초, 원추리, 곰보배추, 달래가 바구니에 가득 찼다. 머위 잎과 머위꽃까지 따서 봄나물 부자가 되어 돌아왔다.

들에서 돌아와 이번엔 장화를 신고 마을 앞 물가로 자리를 옮겼다. 개울가엔 어느새 파릇파릇하게 돋아난 돌미나리가 가득했다. 이 지역에서는 '미나리꽝'이라고 부른다. 쉰을 넘긴 중년 아줌마들은 아직도 18세 소녀처럼 하하 호호 수다를 떨며 미나리 뜯는 재미에 푹 빠졌다. 그야말로 들판에도 개울가에도 봄나물이 지천인 봄이 온 것이다.

봄은 오행五行 중 목木에 해당되고 오장五臟 중 간肝에 속한다. 평소 간이 허虛한 사람은 봄이 되면 목의 기운을 받아 기운이 좋아진다. 반대로 평소 간이 실實한 사람은 목木의 기운이 지나쳐 토土, 즉 비위를 극克하게 된다. 그러면 피곤할 뿐만 아니라 입맛을 잃게 되어 식사를 못하고 심하면 코피까지 흘리게 된다. 이것을 보통 '봄을 탄다'고 한다.

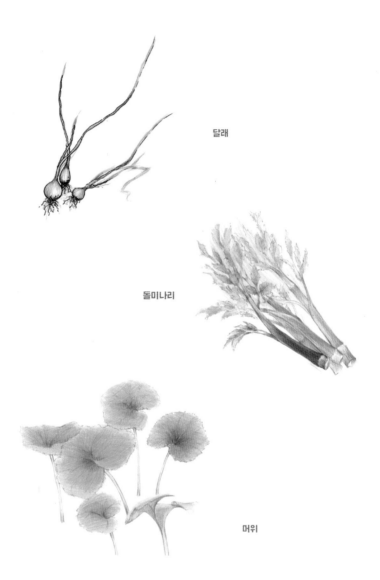

달래

돌미나리

머위

70

봄을 타서 입맛이 없을 때는 봄나물이 식욕촉진제 역할을 한다. 겨우내 땅의 기운을 듬뿍 머금고 찬바람 맞으며 자란 달래, 냉이, 씀바귀, 쑥, 돌나물 등 봄나물은 특유의 향기로 식욕을 돋울 뿐 아니라 비타민 A, B, C 등이 골고루 함유되어 있어 피로도 풀어준다. 특히 봄나물에 많은 비타민 A는 베타카로틴이라는 상태로 존재하며 항산화작용으로 암 발생률을 낮춰주는 역할을 한다. 또한 풍부한 엽록소는 혈액과 간장의 콜레스테롤 상승을 강하게 억제시키는 작용을 하며 인체 내에서 당질대사, 단백질대사, 수분대사 등의 각종 대사 기능을 향상시키는 역할을 한다. 이렇게 봄나물은 비닐하우스에서 재배한 채소와는 비교도 안 될 만큼 뛰어난 영양소와 기능이 있다.

머위꽃

봄나물요리

• 미나리와 달래는 고춧가루, 고추장, 매실효소액과 깨를 섞어 새콤달콤한 양
  념장을 만들어 살살 무치면 겉절이가 된다.
• 팔팔 끓인 소금물에 개망초와 곰보배추를 살짝 데쳐 고추장, 간장, 된장을
  섞어 되직하게 만든 양념장에 버무린다.
  (나물에 수분이 많으면 질컥질컥해서 맛이 없다.)
• 머위순과 머위꽃은 튀김가루를 살짝 묻히고 얇게 튀김옷을 입혀 바삭바삭
  하게 튀긴다.

원추리된장국

• 굵은 멸치는 프라이팬에 볶아 찬물에 넣어 국물을 낸다.
• 원추리는 소금물에 데친다.
• 멸치 국물에 된장을 풀고 데친 원추리를 넣는다.
• 들깨가루를 풀고 다진 마늘을 넣는다.

《동의보감東醫寶鑑》에 미나리는 갈증을 풀어주고 머리를 맑게 해주며 주독을 풀어준다고 했으니 애주가를 위해 녹즙 재료로 좋다. 머위는 잎, 꽃, 줄기, 뿌리까지 버릴 것이 없는 나물이다. 머위는 미세먼지와 황사로 칼칼해진 목을 깨끗이 청소하고 가래를 삭혀주는 기능이 있고 뿌리를 달여 마시면 기침을 멎게 하고 폐를 튼튼하게 한다. 한방에서 '시름을 잊게 하는 풀'이라는 의미로 망우초忘憂草로 불리는 원추리는 마음을 안정시켜 우울증을 치료하며 여성에게 좋은 약재다.

봄나물 잔치상이 차려졌다. 봄의 감동이 밀려온다. 이맘때 한철 잠깐 먹을 수 있는 머위꽃튀김, 산뜻한 향이 나는 미나리와 달래 무침, 쌉싸래한 망초나물과 곰보배추 무침이 달아났던 입맛을 살려주었다. 잘 익은 포도주는 봄나물 요리와도 잘 어울렸다. 시름을 풀어준다는 원추리 국까지 먹으니 모든 걱정이 사라지는 것 같다.

춘분春分

빙고의 얼음을 꺼내다

고려시대나 조선시대에는 춘분에 빙실氷室의 얼음을 내기 전에 추위와 북방의 신으로 불리는 현명씨玄冥氏에게 사한제司寒祭를 올렸다. 음력 12월에 얼음을 떠서 빙고에 넣을 때는 장빙제藏氷祭를 지내고 춘분에 빙고 문을 열 때 개빙제開氷祭를 지낸 것을 사한제라고 한다. 이는 나라의 제사와 잔치 그리고 여름의 더위를 식히기 위해 사용되는 얼음을 잘 보관하기 위한 의례였다.

춘분 날씨로 농사 점치기

춘분에는 그날의 날씨로 그 해 농사의 풍흉豊凶을 점치기도 했다. 춘분에 비가 오면 병자가 드물다고 하고, 해가 뜰 때 정동正東쪽에 푸른 구름 기운이 있으면 보리 풍년이 들고, 청명하고 구름이 없으면 만물이 제대로 자라지 못하고 열병이 많다고 한다. 동풍이 불면 보리 값이 내리고, 서풍이 불면 보리가 귀하며, 남풍이 불면 오월 전에는 물이 많고 오월 뒤에는 가물며, 북풍이 불면 쌀이 귀하다고 했다.

피안彼岸의 시기

불교에서는 춘분 전후 7일간을 '봄의 피안'이라 하여 극락왕생의 시기로 본다. 옛날에는 춘분에 제비가 남쪽에서 날아오고, 우레 소리가 들려오며, 그해에 처음으로 번개가 친다고 했다.

'하루를 밭 갈지 않으면 일 년 내내 배고프다'

춘분은 만물이 약동하는 시기로 겨울의 속박에서 완전히 벗어나는 때다. 추운 북쪽 지방에서도 '추위는 춘분까지'라고 했다. 춘분 시작일부터 약 20일 동안은 기온상승이 가장 큰 때인데 날씨가 춥지도 덥지도 않아 1년 중 농사일하기에 가장 좋은 시기다. 그래서 옛말에도 '음력 2월은 천하의 만민이 모두 농사를 시작하는 달'이라 했다. 춘분 때는 이웃끼리 파종할 씨앗을 바꾸어 좋은 종자를 가린다. 그리고 겨우내 얼었던 땅이 풀리며 연약해진 논두렁·밭두렁을 고치고 밭 갈기, 퇴비 만들기, 거름주기, 가지치기를 하며 농사 준비를 한다. 농사의 시작인 '애벌갈이'를 잘해야 일 년 내내 배고픔 걱정없이 풍족하게 지낼 수 있다고 믿었다.

춘분에는 어떤 음식을 먹었을까?

춘분 무렵 음력 2월 1일은 농사일이 시작되는 날로, '중화절' 또는 '머슴날'로 부르며 시절 음식으로 나이떡을 해 먹었다. 나이떡은 나이 수만큼 숟가락으로 쌀을 떠서 송편을 만들어 각각 자기 나이만큼 먹는다 하여 붙여진 이름이다. 겨우내 쉬고 있던 일꾼들을 불러 한 해 농사를 잘 부탁하며 나이 수만큼 나이떡(머슴떡)을 대접했다. 또 춘분에는 콩을 볶아 먹으면 쥐와 새가 사라져 곡식을 축내는 일이 없다고 믿어 집집마다 콩을 볶아 먹기도 했다.

봄기운이 완연하지만 아직 음력으로는 2월의 초입이다. 농가월령가 이월령에 보면 "산채는 일렀으니 들나물 캐어 먹세. 고들빼기 씀바귀요 소로장이 물쑥이라. 달래김치 냉잇국은 비위를 깨치나니 본초를 상고하여 약재를 캐오리라"는 내용이 나온다. 겨우내 먹던 묵나물 대신 들판에 돋아난 쑥과 냉이, 달래로 잠자는 소화기관을 깨우는 절기가 바로 춘분. 바다를 인접한 지역에선 주꾸미와 도다리 쑥국을 절식으로 즐긴다.

꽃샘추위 속에서 매화꽃 피어나는 춘분

음력 2월중에는 바람이 많이 분다. '2월 바람에 김치독 깨진다', '꽃샘에 설늙은이 얼어 죽는다'란 속담이 있는가 하면 '이월 바람에 검은 쇠뿔이 오그라진다'는 속담도 있다. 계절은 봄의 문턱에 접어들었지만 꽃샘추위의 위세가 대단하다. 아직은 몸을 사려야 할 때다.

천지가 상쾌하고 맑은 기운으로 가득 차는 절기, 청명

음력 3월, 양력 4월 5일경. 이 무렵부터 날이 따뜻해지고 화창하기 때문에 '맑고 깨끗하다'는 뜻의 청명이라는 이름이 붙게 됐다. 청명은 한식의 하루 전날이거나 때로는 한식과 같은 날이 된다. 동시에 오늘날의 식목일과도 대개 겹친다. 대부분의 농가에서는 청명 무렵 논과 밭에 나가 가래질로 겨우내 무너졌던 논, 밭둑을 새로 쌓아 다진다. 채소를 파종하고 보리밭을 매는 등 농사를 준비한다. 바닷가 지역은 청명 무렵이 되면 어종이 많아져 어획량이 늘어난다. 지역에 따라서는 아이의 혼인 시에 농을 만들어주기 위해 '내 나무'라는 나무를 심기도 했다.

유일하게 절기 이름이 붙은 술

청명주

20년 전쯤이다. 탄금대를 지날 때면 '청명주'라고 적힌 간판이 눈에 들어왔다.

'왜 청명주일까?'

술 이름에 절기 이름이 들어간 것이 특이했다. 어느 날 궁금한 것이 많은 신출내기 요리연구가가 용기를 내 그 댁의 문을 두드렸다. 그 댁에는 충북무형문화재2호 청명주 기능보유자인 김영기 옹이 계셨다. 청명주에 대하여 알고 싶다고 하자 생면부지인 요리연구가에게 김해김씨 집안 내력에서부터 청명주清明酒의 유래, 청명주를 재현하게 된 일, 남한강 목계나루 이야기까지 두어 시간을 자상하게 말씀해주셨다. 그날 이후

청명주는 내게 각별하게 기억되었다.

20여 년의 시간이 흐른 오늘은 김영섭 님이 나를 맞아주신다. 아버지가 돌아가신 후 부친의 뜻에 따라 김영섭 님이 청명주를 계승하여 전통주 교육장도 운영한다고 했다. 사무실에 들어서니 김영기 선생의 사진이 걸려 있다. 생전에 한번 더 찾아뵙지 못했다는 송구한 마음이 들었다.

조선시대 한강 상류의 범선 집결지인 충주 목계나루는 청명이 되면 겨우내 운행을 멈추었던 배를 다시 띄운다. 마을 사람들은 뱃길의 무사 안녕을 기원하는 별신제를 올렸고 그때 제주로 사용되었던 술이 바로 청명주다. 나루 일대를 오가는 과객들이 즐겨 마시기 시작하여 옛 사대부가의 손님 접대용은 물론 명절과 기일에는 제주로 애용했고 궁중에 진상하기도 했다.

역사가 깊은 청명주를 직접 빚어보기로 했다. 청명주는 여느 전통주와 마찬가지로 이양주二釀酒다. 먼저 누룩을 만들어 밑술을 빚은 다음 밑술에 다시 찹쌀을 넣어 두 번 빚는다. 오늘은 준비된 밑술에 덧술을 만들기로 했다. 시루에 불린 찹쌀을 넣어 술밥을 쪘다. 넓은 마루에 구멍 뚫린 천을 깔고 술밥을 펴서 식혔다. 큰 자배기에 밑술을 붓고 식은 술밥을 넣고 꾹꾹 눌러 으깼다. 그냥 눌러주기만 하면 되는데 급하게 서두

누룩

르지도 느리지도 않게 호흡을 가다듬고 일정한 리듬을 타는 게 요령이다. 지루함을 달래기 위해 "술 담그기는 딸을 시키고 장 담그기는 며느리를 시킨다는 말이 있다는데요"라고 농을 걸자 선생님은 자신의 손등을 만져보라고 내민다. 평소 손에 크림 한 번 바르지 않는다고 하는데 아주 매끄러웠다. 그만큼 술에 좋은 영양이 풍부하게 들어 있다는 증거다. 어느새 고슬 고슬하던 술밥이 밑술에 풀려서 죽처럼 되었다. 덧술을 항아 리에 조심스럽게 붓고 그 위에 누룩가루를 뿌렸다. 그리고 기 도하는 마음으로 뚜껑을 덮었다. 이제 100일 동안 기다리면 술이 될 것이다.

청명주 빚기

밑술 만들기

• 찹쌀을 맑은 물이 나올 때까지 씻어 물에 담가 하루 불린다.

• 시루에 불린 찹쌀을 안치고 쌀알이 투명하고 윤기가 날 때까지 찐다.

• 통밀로 만든 누룩을 찐 찹쌀에 섞어 6일간 발효시킨다.

덧술 만들기

• 찹쌀을 깨끗이 씻어 불린다.

• 물기가 빠지면 시루에 안쳐 고두밥을 찐다.

• 고두밥이 익으면 넓은 보자기에 퍼서 식힌다.

• 담은 밑술을 부어 쌀알이 풀어질 때까지 주무른다.

• 쌀알이 죽처럼 되면 다시 술독에 담아 100일간 발효시킨다.

100일 지나 완성된 술에서는 목련 꽃내음이 나는 듯했다. 용수를 박아 맑은 술, 청주부터 떠낸다. 청주를 뜨고 난 나머지 술을 체에 거르자 쌀알이 부서지며 뽀얀 술이 뚝뚝 떨어졌다. 한 사발 떠서 맛을 보니 첫 맛은 향기롭고 목넘김은 부드럽기가 이루 말할 수 없다.

《동의보감東醫寶鑑》에 술은 성질이 열熱하고 맛은 쓰고 달다고 했다. 약기운을 돌려주며, 혈맥을 통하게 하고 위장을 두텁게 하며 피부를 윤기 있게 한다고 했다. 또한 걱정을 없애며 분노를 발생케 하며 말이 많아지게 한다고 기록되어 있다.

서양의 와인이 1년 단위로 빈티지를 정하는 것과는 다르게 우리나라에선 절기마다 재료를 달리하여 술을 담는 것이 특징이다. 봄에 진달래로 담는 두견주, 배꽃으로 담는 이화주, 솔잎으로 담는 송엽주, 여름에 담는 연잎주, 가을에 담는 국화주, 한약재료로 담는 신선주 등 제철 재료로 술을 빚어 약주를 즐겼다.

요즘 젊은이들은 청명주를 와인처럼 즐긴다고 한다. 이렇게 시대 흐름에 발맞추어 청명주가 많은 사람들에게 오래오래 사랑받는 술이 되길 바란다.

에너지가 달린다면!

풋마늘김치

풋마늘잎찜

일본에서 김치 강의를 했을 때의 일이다. 현지에서 구입한 배추를 절이고, 무를 썰고, 마늘을 빻아 강의를 준비하고 있었다. 예정된 강의 시간이 되어갈 때쯤 말쑥하게 차려입은 여자가 들어왔다.

"한국 냄새가 나요. 이 냄새가 얼마나 그리웠는지 몰라요."

그녀는 재일교포 통역사였다. 일본인을 상대로 한 김치 강의는 그녀의 능숙한 통역 덕분에 매끄럽게 진행되었다. 한국 김치가 일본에서도 건강에 좋다고 알려져서 그런지 일본 주부들의 호응도가 높았다. 강의를 마치고 돌아가는 그들에게 김치를 한 쪽씩 선물로 싸주었다. 귀한 약을 얻어가는 것처럼

육쪽마늘

고맙다고 연신 고개를 숙이며 인사를 했다. 김치가 금세 동이 나는 바람에 통역사에게 줄 김치가 없었다. 그랬더니 그녀는 아쉬운 듯 남은 김치 양념이라도 싸 줄 수 없냐고 부탁을 하는 것이었다. 본인은 마늘 냄새 나는 김치를 먹어야 기운이 나는데 일본인 남편과 살다 보니 집에서 김치 만들기가 어렵다고 했다.

"이거 숨겨두고 기운이 떨어질 때마다 먹을 거예요."

양념을 싹싹 훑어 싸가지고 가는 그녀를 보며 그때 외국인이 말하는 한국인만의 독특한 냄새의 원인이 마늘이라는 것과 한국인의 힘의 원천 역시 마늘이라는 것을 확신하게 되었다.

한국인의 대표적인 강장식품 마늘, 그중에서도 육쪽마늘로 유명한 고장이 충북 단양이다. 단양에서 난 마늘을 이용하여 30년이 넘게 음식점을 운영하신 김영하 대표를 찾아갔다. 그녀는 음식 만드는 재미에 빠져 음식을 배울 수 있는 곳이라면 전국 어디든지 찾아다녔고 배운 요리 기술을 마늘 요리에 적용해 특색 있는 마늘 요리를 개발했다고 한다. 화려한 수상 경력과 충북향토음식연구회 회장이라는 직함이 그동안의 노력을 짐작하게 한다.

드넓게 펼쳐진 마늘밭에는 초록빛 마늘 잎들이 가지런했다. 요즘은 마늘 솎아주기 철, 마늘 씨알이 생기기 전에 솎아주어야 알이 굵어진다고 했다. 나도 따라 으라라차 소리를 내면서 마늘 줄기를 당겨봤지만 겨울 동안 땅속에 단단히 뿌리를 내린 마늘 줄기가 호락호락 뽑히지 않았다. 그녀를 따라 허리가 아프도록 구부리고 마늘을 솎았다. 일을 끝내고 밭둑에 서서 보니 고랑 사이가 시원하고 여유로워 보였다. 곧 마늘 잎이 무성해지고 씨알도 굵게 영글 것이라고 한다. 단양 마늘이 유명한 이유를 묻자 김영하 회장은 석회암 토양에서 자란 단양마늘은 알이 단단해 오래 두어도 썩지 않고 음식으로 만들면 감칠맛이 난다고 했다.

마늘 잎에도 마늘 못지않게 알리신Allicin 성분이 들어 있다. 알리신은 감기와 기관지염의 원인이 되는 연쇄상구균과 포도상구균 등을 죽이는 강한 살균력이 있다. 마늘 잎에 들어 있는 스코르디닌Scordinine이라는 성분은 에너지 대사를 높여 체내

풋마늘

지방 축적을 막아 혈중 콜레스테롤을 낮추는 작용을 한다. 《동의보감東醫寶鑑》에도 마늘은 성질이 따뜻하거나 열하고 맛은 맵고 독이 있어 약으로 쓰는 마늘은 가을에 심어 겨울을 난 것이 좋다고 기록하고 있다. 마늘 잎은 마늘보다 항산화 효과가 높아 햄이나 소세지에 들어 있는 아질산나트륨을 배출시켜 암을 예방하는 효과가 있다는 것이 과학적으로 입증되었다.

　솎은 풋마늘도 귀한 것이라 절대 버리지 않는다고 한다. 깨끗이 다듬어 양념으로 쓰거나 풋마늘김치를 담그기도 하고 콩가루를 묻혀 반찬을 만든다. 음식 맛은 손으로 재료를 다듬는 정성에서부터 시작된다고 하면서 마늘 떡잎을 떼어내고 뿌리도 잘랐다. 손으로 일일이 정성 들여 다듬은 재료와 대충 칼로 자른 재료의 맛을 분간할 수 있다고 한다. 손질한 풋마늘은 찬물에 빡빡 비벼 맑은 물에 여러 번 헹구어 건졌다.

먼저 풋마늘김치부터 담갔다. 풋마늘 머리 쪽에 액젓과 매실효소액을 끼얹어 뒤적이면서 두어 시간 절였다. 마늘과 파는 넣을 필요가 없다. 벌겋게 김치 양념장이 만들어지면 머리 쪽부터 양념을 쓱쓱 발라주기만 하면 되었다. 풋마늘김치는 금방 먹어도 맛있고 누렇게 익혀서 먹어도 맛이 있단다.

풋마늘김치

- 손은 마늘을 깨끗이 다듬어 씻는다.
- 멸치액젓과 매실즙을 섞어 마늘 머리쪽부터 적셔준다.
- 중간중간 굴려가면서 줄기가 부드러워질 때까지 2시간 절인다.
- 절인 국물에 고춧가루, 통깨를 섞는다.
- 마늘잎에 양념을 골고루 발라준다.
- 통에 담아 하루 정도 실온에서 맛을 들인 다음 냉장고에 넣는다.

풋마늘잎찜은 마늘 잎에 날콩가루를 술술 묻혀 찜통에 쪄서 양념장에 무치면 된다. 콩가루만 잘 익히면 누구나 만들기 쉬운 반찬이다.

풋마늘잎찜

- 깨끗이 씻은 풋마늘을 3cm 길이로 자른다.
- 날콩가루를 술술 뿌려 골고루 묻힌다.
- 김이 오른 찜통에 면보를 깔고 콩가루 묻힌 마늘잎을 놓는다.
- 2분 정도 김이 나면 꺼내서 한 김 나가게 식힌다.
- 간장, 소금, 고춧가루, 깨소금, 참기름을 넣어 살살 무친다.

풋마늘김치와 풋마늘잎찜에 더해 마늘을 넣어 지은 마늘밥, 우유에 삶아 아린 맛을 뺀 마늘샐러드까지 마늘 요리로 상이 꽉 채워졌다. 마늘밥에 풋마늘김치를 얹어 맛을 보았다. 잘 절여진 마늘잎과 양념 맛이 어우러져 제법 김치맛이 났다. 구수한 맛이 감도는 마늘잎찜은 자분자분하여 먹기 좋았다. 마늘 요리를 실컷 먹고 나니 뜀박질이라도 할 것같이 기운이 솟았다.

청명 清明

임금이 불을 하사한 날

《동국세시기東國歲時記》에는 청명에 임금이 불을 하사하는 '사화賜火' 풍속이 기록되어 있다. 즉 버드나무와 느릅나무를 비벼 새 불을 일으켜 임금에게 바치면 임금은 다시 이 불을 정승, 판서 등의 문무백관과 360개 고을의 수령에게 나누어 주고, 고을 수령들은 이를 한식에 백성들에게 나누어 주었다는 것이다. 옛날에는 불씨를 오래 두고 바꾸지 않으면 불꽃이 거세지고 양기가 지나쳐서 전염성 열병이 생기기 때문에 때에 따라 불을 바꾸어야 하는 것으로 생각했다. 이에 따라 봄철에는 청명날에 맞춰 임금이 불을 하사한 것이다.

조상의 묘를 돌보다

한식과 겹치는 청명은 춘추 시대 정치가 진문공이 신하 개자추介子推를 추모하기 위한 행사에서 비롯됐다. 오늘날에도 청명이 되면 사람들은 조상의 묘를 찾아 제를 지내고 성묘를 한다. 또는 '손 없는 날'로 여겨 조상의 묫자리를 정비하거나 잔디를 새롭게 입히는 풍속은 현재까지도 남아 있다.

답청놀이 가자

청명 무렵은 교외를 산책하며 봄놀이를 즐기기 좋은 때이므로 '푸른 풀을 밟는다'는 뜻의 답청踏靑놀이를 즐기던 풍류가 전한다. 답청은 당·송 시대에서 기원했으며 봄이 되면 들에 나가 자리를 마련하고 악기로 흥을 돋우며 봄이 왔음을 즐겼던 놀이다.

청명에는 청명주

청명에는 청명주清明酒를 마신다. 청명주는 단맛이 좋아 술을 잘 못 마시는 사람도 즐길 수 있는 술이라고 한다. 청명주는 조선 후기에 유행했다. 별미로는 진달래화전, 진달래밥이 있다. 어린 쑥으로 만든 쑥 버무리와 쑥국, 쑥전, 두릅, 달래도 봄내음 물씬 나는 절기음식이다.

'청명에는 부지깽이를 꽂아도 싹이 난다'

청명과 관련된 속담으로는 '청명에 죽으나 한식에 죽으나'라는 말이 있다. 청명과 한식이 시기적으로 비슷하니 별 차이가 없다는 뜻이다. 또한 '청명에는 부지깽이를 꽂아도 싹이 난다'는 속담도 있다. 죽은 나무를 꽂아도 싹이 돋아날 만큼 자연의 생명력이 왕성한 때라는 의미를 담고 있다.

봄

06
곡우 穀雨

곡식을 윤택하게 하는 봄비가 오는 절기, 곡우

청명과 입하 사이에 있는 봄의 마지막 절기 곡우는 양력 4월 20일 무렵이다. 이 무렵이면 백곡이 자라는 데 도움이 되는 봄비가 내린다. 그래서 절기 이름도 '곡식을 키우는 비'라는 뜻의 곡우다. 곡우 무렵은 여러 가지 작물에 싹이 트고 농촌에선 못자리를 준비한다.

꽃 마중 오셨군요

꽃차

진달래화전

아름답게 피었던 꽃들이 며칠 사이에 흔적도 없이 사라져 버렸다. 너무 아쉽고 허무하다. 꽃차 만들기의 시작은 지는 꽃이 아쉬워 그대로 간직하고 싶은 욕심에서 비롯되었을지 모른다는 생각이 든다. 나도 지나가는 봄을 아쉬워하며 괴산군 청천면 국립공원 화양동 계곡으로 꽃차를 만들러 갔다. 다른 지역보다 기온이 낮은 이곳은 꽃 소식도 늦다. 4월 하순인데도 길가에는 벚꽃이 피어 있었고 먼산에도 분홍색 연두색 수채화 물감을 뿌려놓은 듯했다.

시원하게 흐르는 계곡물 건너 양지바른 언덕 위에 자리한 하얀 집이 정태효 선생님 댁이다. 집 앞에 서니 '꽃 마중 오셨

군요'라는 정감 넘치는 글이 주인장의 인사를 대신했다. 집 안
에 들어서니 빛깔 고운 꽃차가 병풍처럼 전시되어 있다. 120
여 가지나 된단다.

"우와, 예쁘다! 별별 꽃이 다 차가 되네요."

나는 형형색색의 꽃차에 잠시 넋을 잃었다. 그녀가 꽃차를
만들기 시작한 지는 6년째. 처음엔 취미로 만들어 가족과 즐
기다가 꽃차의 매력에 빠지면서 더욱 연구하게 되어 지금은
대학교 평생교육원에서 꽃차 강의를 하는 전문가가 되었다고
한다.

마당가에 매화가 이제야 핀 걸 보니 확실히 이곳의 기온이
낮다. 팝콘같이 연한 핑크빛으로 동글동글하게 달린 매화가
앙증맞다. 나는 이 꽃을 모조리 따서 차를 만들겠다고 야심차
게 맘먹었다. 하지만 정 선생님은 한꺼번에 따면 안 되고 꽃봉
오리가 갓 벌어질 때 따야 꽃향기가 살아 있다고 했다. 순간
꽃차가 쉽게 만들 수 있는 게 아니라는 생각이 들었다. 그녀의
표현을 빌리자면 매일 아침 이슬로 세수한 꽃만을 따서 차로
만든단다.

산에서 제일 먼저 피는 생강나무꽃을 따러 뒷동산에 올랐
다. 생강나무는 잎과 나뭇가지 그리고 꽃에서 생강향이 난다
고 해서 붙여진 이름이다. 이 꽃은 어혈을 풀고 감기 기운이

있을 때 달여 마시면 온기를 불어넣어 오한을 없애준다.

"이거 산수유꽃 아닌가요?"

"산수유꽃은 꽃자루가 길어 꽃이 흐드러지게 피는데 비해 생강나무꽃은 가지에 딱 달라붙어서 펴요. 산수유는 열매를 약으로 쓰기 위해 집 근처에 주로 심었고 생강나무는 우리나라에서 자생하는 나무라 산에 있어요."

생강나무꽃과 가지까지 잘라 한 바구니 담고 그 위에 진달래꽃도 몇 개 따서 올렸다.

생강나무꽃

산수유꽃

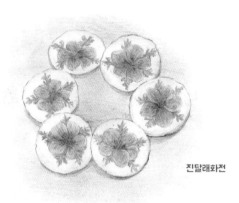

진달래화전

커다란 팬에 한지를 깔고 매화꽃을 올렸다. 한 번에 센불에서 말리면 향이 날아가기 때문에 약한 불에서 말리고 식히기를 아홉 차례 반복한다. 생강나무 꽃은 김이 오른 찜통에서 살짝 쪄서 살균하고 정유 성분을 뺀 다음에 말린다.

꽃을 말리며 정태효 선생님은 소설《동백꽃》의 마지막 장면에서 '나'와 점순이가 산중턱에 한창 피어 퍼드러진 노란 동백꽃 속으로 폭 파묻혀버렸다고 나오는데 여기서 동백은 빨간색의 동백이 아니라 노란 동백, 생강나무라고 했다.《동백꽃》의 저자 김유정의 고향은 강원도인데 강원도에서는 생강나무를 '동백나무' 또는 '동박나무'라 부른다고 한다.

꽃차를 덖은 후 뒷산에서 따온 진달래꽃으로 화전을 만들기로 했다. 찹쌀가루는 끓는 물로 익반죽하여 보드랍게 치댄 후 둥글납작하게 빚었다. 찹쌀 반대기 위에 진달래꽃을 한 잎

없고 쑥 잎을 떼어 이파리도 붙였다. 마치 비단 천에 꽃수를 놓듯 만드는 음식이 화전이다. 진달래 화전 하나 들어 꿀에 찍어 입에 넣어본다. 화전놀이를 즐기던 선비들의 풍류가 부럽지 않다.

매화차를 우려 한 모금 마셨다. 그윽한 매화향이 입안에 퍼진다. 노랗게 우러난 생강나무 꽃차에서는 신기하게도 생강향이 났다. 향기를 음미하며, 빛깔을 음미하며, 맛을 음미하며 꽃차를 마셨다. 정태효 선생은 "꽃차를 늘 마셔서 그런지 이제는 안경을 안 써도 글씨가 잘 보여요. 정말 신기해요!"라고 꽃차의 효능을 자랑한다. 그도 그럴 것이 꽃 속에는 채소나 과일보다 10배나 많은 항산화 성분이 들어 있어 노화방지에 효과가 있다. 가까이할수록 좋은 차가 꽃차인 것이다.

매화차

부지런한 며느리도 세 번 뜯기 어려운 나물

홑잎나물

지칭개국

"무슨 음식을 좋아하세요?"라고 물어보면 대답에 따라 그 사람의 고향을 짐작할 수 있다. 대개 바닷가 출신은 해물 요리를 선택하고 내륙 출신은 고기 요리를, 산골 출신은 나물 요리를 좋아한다고 한다. 어린 시절 나고 자란 고향의 맛에 길들여진 미각 탓이리라. 충북 내륙 산골에서 자란 나는 나물 요리를 좋아한다. 그래서 나물을 실컷 먹을 수 있는 봄을 가장 좋아한다. 봄이면 산과 들에 나물이 지천이라 그 맛을 즐기다 보면 봄이 지나간다. 제철 나물을 찾아 먹으려면 부지런해야 한다. 맛과 향이 좋은 산나물은 잠깐 한눈팔면 채취 시기를 놓쳐 못 먹게 된다. 더 늦기 전에 나물을 뜯으러 길을 나섰다. 울긋불

굿 영산홍이 활짝 핀 꽃길을 따라 충주로 향했다.

도착한 곳은 중앙탑이 보이는 햇살블루농장이다. 농장 부부는 이곳에서 10년째 교육 농장을 가꾸고 있다. 안주인 김금자 님이 산야초 공부를 한 덕에 지난해부터는 찾아오는 손님들에게 산야초 요리 맛도 선보이고 있다고 한다. 그녀가 농사 짓는 블루베리 농장에는 제철 맞아 올라온 쑥, 망초대, 씀바귀, 지칭개, 민들레가 나물 백화점을 이루고 있었다.

김금자 님은 추억 속에 저장된 레시피를 꺼내 지칭개국을 끓여 주시겠다고 했다. 지칭개의 잎은 냉이 같고, 꽃은 엉겅퀴를 닮았고, 쓴맛이 난다. 입에 써야 몸에 보약이란 말도 있듯이 지칭개는 해열, 해독, 부기를 가라앉히는 약재로도 쓰인다. 봄철 감기로 열이 오르고 염증이 있을 때 먹으면 치료에 도움이 된다. 지칭개로 음식을 만들려면 꽃순을 먼저 떼고 깨끗이 씻어 손으로 바락바락 주무른 다음 물에 담가 쓴맛을 빼야 한다.

지칭개의 쓴맛이 빠지기를 기다리는 동안 짬을 내서 뒷산에 올랐다. 나무마다 여리고 어린 연두빛 새순이 올라오고 있었다. 화살나무의 새순을 '홑잎'이라고 하는데 산나물 가운데 봄을 알리는 전령사다. 홑잎이 참새 혀처럼 뾰족한 잎을 내밀었

홑잎나물

다. 화살나무는 항암작용이 뛰어나고 그 잎에 들어 있는 싱아초산나트륨 성분은 인슐린 분비를 촉진해 혈당을 낮추어준다. 한방에서는 출산 후 어혈을 풀어 주고, 생리불순, 자궁 건강에 좋은 약으로 통한다.

홑잎은 잎이 올라오면 금방 꽃이 피고 잎이 억세져서 부지런한 며느리도 세 번 따기 어렵다는 말이 있다. 홑잎 채취에도 요령이 있다. 팔을 길게 뻗어 나뭇가지를 잡아 가슴 높이로 당긴 후 장갑 낀 손으로 나뭇가지를 훑어내려야 한다. 바구니에 연한 홑잎이 가득 쌓였다. 산을 내려오자마자 끓는 물에 홑잎을 데쳤다.

지칭개국

- 지칭개는 가운데 꽃순을 떼어 쓴맛을 줄인다.
- 지칭개를 손으로 바락바락 주물러 물에 담가 쓴맛을 뺀다.
- 쌀뜨물에 된장을 풀고 멸치를 넣어 국물 맛을 우린다.
- 쓴맛을 뺀 지칭개에 날콩가루를 솔솔 뿌려 묻힌다.
- 펄펄 끓는 된장국물에 콩가루 묻힌 지칭개를 살포시 넣고 불을 약하게 조절한다.
- 구수한 냄새가 나면 뚜껑을 열고 어슷하게 썬 파와 다진 마늘을 넣는다.

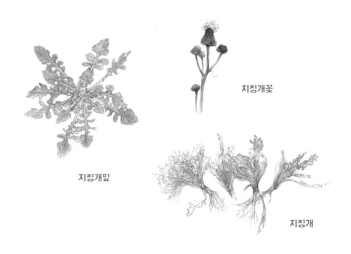

지칭개꽃

지칭개잎

지칭개

　지칭개국은 먹을 것이 없던 시절, 들에서 쉽게 구할 수 있는 나물로 배를 불리기 위해 먹었던 토속 음식이다. 멸치장국에 된장을 풀고 손질한 날콩가루를 입혀 끓이면 쓴맛이 단맛으로 변한다. 홑잎은 끓는 물에 살짝 데쳐 물기를 꼭 짜고 소금과 깨소금, 참기름을 넣어 살살 무쳤다. 묵은 나물은 조선간장으로 간하고 들기름에 볶아야 제맛이 나지만, 봄나물은 가볍게 무쳐야 깔끔한 맛을 살릴 수 있다. 나물로 차린 밥상을 마주하니 외할머니와 산나물을 뜯고, 친구들과 냉이를 캐고, 산딸기도 따던 그 시절이 사무치게 그립다.

　앞으로 산에서는 취나물과 다래순, 두릅, 가죽나물이 앞다투어 돋아날 것이다. 때는 벌써 초여름을 향해 달려가고 있다.

곡우 穀雨

죄인도 잡아가지 않았다는 곡우

농사를 중시했던 과거에는 벼를 파종하는 곡우 무렵에는 죄인도 잡아가지 않았다고 할 만큼 곡우는 농사에 있어 중요한 절기다. 곡우에는 모든 곡물이 잠에서 깨어 자란다고 보아 볍씨를 물에 담근다. 볍씨를 담아두었던 가마니는 솔가지로 덮어둔 풍습이 있다. 부정한 사람이 볍씨를 보거나 만지게 되면 싹이 잘 트지 않아 그 해 농사를 망친다고 믿었기 때문이다.

'곡우물'과 '곡우사리'

곡우에는 나무에 수액이 많이 오르는데, 이 수액을 '곡우물'이라고 하여 받아 마신다. 사람들은 곡우물을 마시러 깊은 산이나 명산을 찾기도 한다.
곡우 무렵에는 농사뿐 아니라 조기잡이도 활발하다. 조기가 서해를 타고 북상하여 충청남도 서쪽 격렬비열도 인근까지 올라와 많이 잡혔는데, 이때 잡힌 조기를 '곡우사리'라고 부른다.
전남 영광에서는 한식사리, 입하사리 때보다 곡우사리 때에 잡히는 조기가 살이 연하고 알이 많이 들어 있어 맛 좋기로는 으뜸으로 친다.

속담

'곡우에 가뭄이 들면 땅이 석 자나 마른다', '곡우에 비가 오면 농사가 좋지 않다', '곡우에 비가 오면 풍년 든다'처럼 곡우는 비와 관련된 속담이 많다. 지역에 따라 이날 비가 오는 것을 좋게 보기도 하고 나쁘게 보기도 한다.

녹차의 품질을 가르는 절기, '곡우'

곡우는 녹차와도 관련이 깊다. 일반적으로 녹차는 곡우 전에 채취한 작고 어린 새순으로 만든 '우전', 4월 20일 곡우를 기점으로 7일 이내에 채취한 찻잎으로 만든 '곡우', 곡우 이후에 채취한 찻잎으로 만든 '세작'으로 구분한다. 보통 '우전'을 최상품으로 대접한다.

봄나물과 바지락이 맛있을 때

곡우가 지나면 나물이 뻣뻣해지기 때문에 이 시기에는 봄나물을 즐겨 먹었다. 또한 봄 조개도 제철이라 바지락을 가장 맛있게 먹을 수 있는 시기다.

여름.

입하가 되니 연녹색 나뭇잎은 눈부신 태양을 향해 손짓했다.
청정마을에서 고사리를 따서 말리고, 연한 느티잎을 따서 떡을 쪘다.
날씨는 점점 더운 열기 속으로 빠져들어 소서가 되어
봄에 심은 열무, 가지, 오이를 수확해 여름반찬을 만들고
삼복더위에는 인삼 들어간 펄펄 끓는 삼계탕으로 기운을 보충했다.
아무리 더운 여름도 매미소리가 들리면 떠날 채비를 한다.

여름

07 입하 立夏

여름의 문턱, 입하

봄의 여섯 절기를 지나 태양이 어느새 여름 절기로 접어들었다. 입하는 음력 4월, 양력 5월 6일 전후다.

'초여름'이란 뜻으로 초하初夏, 유하維夏, 맹하孟夏, 괴하槐夏라고도 하고, '보리가 익을 무렵의 서늘한 날씨'라는 뜻으로 맥량麥凉, 맥추麥秋라고도 부른다.

'오월은 푸르구나, 우리들은 자란다.'

5월 초순이 되면 아이들만 자라는 것이 아니다. 산천초목마다 새로이 돋아난 잎은 생기를 더해가고 곡우에 못자리한 논에선 모가 자리를 잡고 자라기 시작한다. 옛 문헌에 보면 입하 기간에는 청개구리가 울고, 지렁이가 땅에서 나오며, 왕과王瓜(쥐참외)가 나온다고 했다. 보리 베기 등 밭농사가 이루어지고 온갖 봄꽃이 만발할 때이므로 양봉으로 한 해 동안 사용할 꿀을 장만해두기도 한다. 농작물이 자라면서 해충과 잡초도 나타나기 때문에 농가의 일손은 더욱 바빠진다.

부모님 살아 계실 때

생고사리
조기찜

생고사리
나물

5월의 천등산은 '금방 찬물로 세수한 스물한 살의 청신한 얼굴'이라는 피천득 시인의 표현이 딱 어울렸다. 세상의 때라곤 하나도 묻은 흔적이 없이 공기는 신선하고 물은 맑았다. 이런 청정한 산골마을에서 재배하는 고사리는 어떤 맛이 날까 기대된다. 비가 오는 날씨에도 제철 맞은 고사리 수확에 동네 사람들이 눈코 뜰 새 없어 보였다.

우성자 어머니도 텃밭에서 고사리를 수확하시는 중이었다. "안녕하세요?" 인사를 하면서 밭으로 성큼성큼 들어가자 어머니께서 "발 조심 햐! 밟으면 안 돼!" 하고 크게 소리치셨다. 깜짝 놀라 고개를 숙여 발끝을 쳐다보니 여기저기 햇고사리가

고사리

삐죽삐죽 올라오고 있었다. 제때 따주지 않으면 고사리가 패서 상품가치가 없어지기 때문에 비가 와도 일손을 놓지 못하신단다. 최상품 고사리는 오동통한 아기 주먹같이 오므리고 있는 모양이라고 했다. 처음엔 눈에 띄지 않던 고사리가 시간이 지나면서 눈에 확대경을 붙인 듯 쏘옥쏘옥 들어왔다. 온 천지가 고사리다. 고사리 몸통을 똑똑 꺾는 재미가 쏠쏠했다. 땅에서 갓 올라온 고사리를 따려면 허리를 구부리고 엉덩이를 하늘로 향해야 했다. 당연히 피는 얼굴로 쏠렸다. 그래도 고사리가 보이면 자꾸자꾸 손을 내밀어 꺾게 되었다. 어머니께선 나에게 "젊은 새댁이 우리 집 고사리 동나게 하것네" 하신다.

어느새 대광주리에 고사리가 가득 쌓였다. 고사리 채취를 끝내고 집에 돌아와서도 우성자 어머니는 허리 펼 사이도 없이 바로 가마솥에 불을 지폈다. 고사리가 쇠기 전에 말랑하게 삶아 말려야 부드럽고 연한 나물이 되기 때문이다. 펄펄 끓는 가마솥 물에서 삶아진 고사리를 건져낸 다음 비닐하우스 안에 펼쳐진 발 위에 널었다. 연초록으로 삶은 고사리에서는 김이 모락모락 올라왔다. 이 고사리가 시커멓고 고슬고슬해질 때까지 햇볕에 바싹 말려야 나물이 된다. 올해 말린 고사리는 내년 햇고사리가 나오기 전까지 두고두고 제사상의 나물로, 얼큰한 육개장 건지로, 빈대떡 고명으로 요긴하게 쓰일 것이다.

　아기 주먹을 닮은 고사리는 본초서에 궐채蕨菜라고 나온다. 고사리는 몸의 열을 내리고 대변을 잘 보게 하며 종기의 독을 풀어준다. 또한 식이섬유가 풍부해 장운동을 촉진하고, 변비 예방, 시력 보호, 빈혈과 골다공증 예방에도 효과가 있다.

　산에 고사리가 흔하게 나면 바다에는 조기가 제철이다. 장날 사온 조기에 생고사리를 푸짐하게 넣어 얼큰하게 조리면 산골 동네에서도 비린맛을 볼 수가 있었다. 우성자 어머니께

조기

서는 "울 아버지가 좋아 하시던 음식이여, 이맘때면 아버지가 생각나서 한 번씩 만들지. 고사리조기찜에 약주 한잔이면 최고라고 하셨어!" 하신다. 냄비에서 국물이 부글부글 끓고 매콤한 냄새가 풍겨 나왔다.

생고사리나물은 보통 고사리나물 하듯이 조선간장, 마늘, 파, 깨소금을 넣고 주물러서 들기름에 볶는다. 생고사리는 비린내가 많이 나서 생강즙과 후추 가루를 꼭 넣는다. 양념한 고사리를 볶으면 고사리 특유의 비린내가 사라지고 구수한 냄새가 솔솔 풍긴다. 말린 고사리로만 먹던 내게 푸르스름한 생고사리 나물은 낯설지만 기대되는 맛이다.

갓 지은 쌀밥과 칼칼하게 매운 고사리조기찜은 환상적으로 어울렸다. 천등산 빗소리를 배경 음악 삼아 막걸리도 한잔했다. "부모님 살아 계실 때 잘 혀, 돌아가시면 후회혀" 하시며 눈물을 훔치시는 어머니를 보며 나도 같이 눈시울이 뜨거워졌다.

생고사리
조기찜

• 고사리는 삶아 물에 담가 쓴맛을 뺀다.

• 조기는 비늘을 긁고 지느러미를 잘라 물에 씻은 다음 물기를 뺀다.

• 부추는 길게 잘라 준비하고, 풋고추도 어슷하게 자른다.

• 간장에 고춧가루, 마늘, 생강, 올리고당을 섞어 양념장을 만든다.

• 냄비에 고사리를 넉넉하게 깔고 조기를 나란히 얹는다.

• 양념장을 끼얹고 뚜껑을 덮어 조린다. 중간에 뚜껑을 열어 국물을 뿌린다.

• 풋고추와 부추를 얹고 한소끔 더 끓인다.

돌아오는 차 안에서 왁스의 〈어머니의 일기〉라는 노래를 들었다.

"너그럽게 웃으시는 당신에게서 따뜻한 사랑을 배웠죠, 철이 없는 나를 항상 지켜주시는 하늘처럼 커 보인 당신……."

노랫말이 절절히 가슴에 들어왔다. 쉰 살이 된 나는 내 어머니에게 아직도 철없는 딸이다. 세상에서는 요리 선생이지만 어머니 앞에선 여느 딸일 뿐이다. 된장, 간장 얻어다 먹고 김장도 어머니 집에서 함께한다. 지난해 어머니가 디스크 수술로 밥을 짓지 못하게 되었을 때 내가 얼마나 무심한 딸이었는지 알게 되었다. 이번 어버이날에는 오늘 딴 고사리로 조기찜도 만들고 나물도 볶아 어머니를 위한 밥상을 차려야겠다.

부처님 오신 날

느티떡

돌나물물김치

'느티나무 잎으로 떡을 만든다고?'

절기에 관한 책을 처음 읽었을 때 나의 반응이었다. 깜짝 놀라 느티떡의 역사를 찾아보았다. 조선후기 실학자 유득공의 《경도잡지京都雜志》를 보면 "손님을 맞아 느티떡과 볶은 콩, 삶은 미나리로 반찬을 차려내는데 이것을 부처님 오신 날 소반蔬飯이라고 한다"는 구절이 있다. 그리고 농가월령가 4월령에도 "초파일 절식으로 느티떡이 별미"라고 노래하고 있다. 이런 기록을 볼 때 느티떡은 부처님 오신 날 즈음 먹었던 음식이 분명하다. 부처님 오신 날을 맞아 지금은 사찰에서도 명맥이 끊어진 느티떡을 만들러 괴산에 있는 '각연사覺淵寺'로 향했다.

느티나무

각연사는 괴산군 칠성면에 자리해 있다. 괴산군의 명칭에서 이미 느티나무의 고장이라는 걸 알 수 있다. 괴산군의 '괴'가 느티나무 '槐' 자를 쓰기 때문이다. 뿐만 아니라 괴산에는 우리나라에서 가장 오래된 느티나무가 있고, 300년이 넘은 느티나무도 60여 그루나 된다고 한다. 각연사는 일곱 개의 보물이 묻혀 있다는 칠보산 자락에 자리 잡은 천 년 고찰이다. 듣던 대로 느티나무가 절 안팎으로 울창한 숲을 이루고 있었다. 느티나무 새순이 푸르름을 더해서일까, 곱게 늙어가는 절도 나이를 잊은 듯하다. 계곡 물소리를 따라 절 앞마당에 도착하니 먼저 와 계시던 표복숙 선생님께서 반갑게 맞아주신다. 표 선생님은 사찰음식문화연구원장으로 왕성하게 활동 중이시다. 법공 주지스님께서도 "우리 절에 오래된 느티나무가 많은데 그 나뭇잎으로 떡을 만든다니 기대가 되네요"라고 하시면서 향기로운 보이차를 대접해주셨다.

느티나무 잎사귀는 부처님 오신 날 즈음 새순이 돋아나는데 어린잎은 독이 없고 연해서 떡 재료로 적당하다. 우리는 느티떡의 재료를 준비하기 위해서 느티나무 고목에 돋아난 새순을 훑었다. 어린잎 사이로 연두색 작은 구슬이 몽글몽글하게 붙어 있었다. 자세히 보니 느티나무의 꽃이었다. 느티나무 나이가 400살 정도 되었는데 재래종이라 꽃이 많이 핀다고 했다. 느티나무는 꽃이 작기 때문에 생명력이 길다고 한다. 장수하는 나무답게 느티나무의 잎에는 사람에게 이로운 성분도 많아서 혈압을 낮추고 염증을 가라앉힌다. 또한 우리나라에서 발병률이 높은 폐암을 치료하는데 도움되는 카달렌Cadalene이란 성분이 대량 들어 있어 약재로써도 각광받고 있다.

"사실, 원리만 알면 떡 만들기처럼 쉬운 음식이 없어요."

느티떡 만들기는 생각보다 쉬웠다. 쌀가루에 제철 재료를 섞어서 찌면 계절감을 담은 떡이 되는 것이다. 봄에는 쑥을, 여름에는 상추를, 가을에는 무를 넣어 만드는 것처럼 연한 느티나무 잎을 넣은 것이 느티떡이다.

느티떡

- 멥쌀가루, 거피팥고물, 느티잎을 준비한다.
- 채취한 느티잎을 깨끗이 씻어 물기를 뺀다.
- 잎에 소금과 설탕으로 밑간을 한다.
- 체에 내린 쌀가루에 밑간이 된 잎을 섞는다.
- 시루에 거피팥고물을 넉넉히 깐다.
- 느티나무 잎을 섞은 쌀가루를 얹는다.
- 고물과 쌀가루를 켜켜이 반복하여 시루에 안친다.
- 20-30분간 푹 뜸을 들여 찐다.
- 한 김 나가면 떡을 쏟는다.

떡에는 물김치가 잘 어울린다. 돌 틈 사이에 난 돌나물로 담그는 물김치는 이 계절에만 맛 볼수 있는 여름김치다. 돌나물은 특유의 풋내가 있는데 비벼 씻으면 더 심해진다. 식초물에 5분 정도 담갔다가 바구니째 건졌다. 만약 초록빛 돌나물 물김치를 즐기고 싶다면 돌나물을 뺀 나머지 재료로 먼저 김치를 담아 익힌 후 돌나물을 섞어주면 된다.

성정이 거친 사람도 부처님 앞에서는 선한 사람이 되는 것처럼 거친 나뭇잎도 익으니 부드러웠다. 느티떡 한 조각에 마음을 담아 부처님이 온누리에 빛으로 오신 것을 축하했다.

돌나물꽃

돌나물

돌나물물김치

국물 만들기

- 다시마 20g, 물 2L, 밀가루 반 컵, 소금, 고춧가루를 준비한다.
- 다시마를 씻어 물에 1시간 정도 담가 맛을 우린다.
- 다시마 우린 물에 밀가루를 풀어 풀국을 끓인다.
- 고춧가루를 물에 개어 풀국에 넣어 색을 낸다.
- 소금으로 간을 맞춘다.

김치 담기

- 더덕 5뿌리, 돌나물 100g, 홍고추 3개, 풋고추 3개, 미나리 10줄기를 준비한다.
- 돌나물을 살살 씻어 건진다.
- 더덕은 껍질을 벗겨 어슷하게 썬다.
- 홍고추, 풋고추는 어슷하게 썰어 물에 씻어 씨를 제거한다.
- 미나리는 3cm로 썬다.
- 김치통에 돌나물, 더덕, 미나리, 홍고추, 미나리를 차곡차곡 넣고 준비한 국물을 붓는다.

입하 立夏

농사와 관련된 속담

'입하 바람에 씨나락 몰린다'라는 속담은 입하 때 바람이 불면 못자리에 뿌린 볍씨가 한쪽으로 몰리게 되어 농사에 좋지 않다는 뜻이다. 논물을 빼서 피해를 방지하라는 의미가 담겨 있다. 그밖에 '입하 일진이 털 있는 짐승 날이면 그해 목화가 풍년 든다', '입하 물에 써레 싣고 나온다', '입하에 물 잡으면 보습에 개똥을 발라 갈아도 안 된다'라는 말도 있다.

쑥버무리 절식

입하의 절기음식으로는 양배추쌈, 취나물무침, 마늘종볶음 등이 있고, 수산물로는 멍게, 잔새우, 소라, 넙치가 맛이 좋을 때다.

세시풍속의 하나로 입하 무렵에는 쌀가루와 쑥을 한데 버무린 쑥버무리를 절식節食으로 먹기도 했다. 그리고 고단한 농사일에 지친 일꾼들에게 색다른 음식을 장만해 입맛을 북돋우기도 했다.

녹차는 곡우 전에 딴 우전차를 최상품으로 치지만 일찍이 다성 초의艸衣선사는 "우리 차는 곡우 전후보다는 입하 전후가 가장 좋다"고 했다. 이렇듯 입하는 활짝 핀 꽃을 보며 차 맛을 음미하기에 좋은 절기다.

여름

08
소만 小滿

만물이 성장하는 소만

양력 5월 21일경. '소만'이라는 말은 만물이 자라서 세상을 가득 채운다는 뜻에서 유래했다. 햇볕이 풍부해 만물이 성장하는 이 무렵 농부들은 모내기 준비로 바쁘다. 모는 심을 준비를 하는데 쌀 독에 저장했던 양식은 바닥이 나고 햇보리는 미처 여물지 않아 배 고프던 춘궁기로 그 옛날 사람들이 '보릿고개'라고 부르던 시기가 소만 무렵이다.

신선의 음식

송순청

송순주

노란 가루가 온 천지에 날렸다. 우리집에도 구석구석 노란 가루가 쌓였다. 꽃가루 알러지 경보까지 내려져 마음먹고 대청소를 시작했다. 먼저 청소기를 꺼내 바닥에 쌓인 꽃가루를 없애고 수건에 물을 적셔 책장과 그릇장까지 말끔히 닦았다. 소나무처럼 멋지고 잘생긴 나무도 없지만 매년 이런 소동을 벌여야 하니 정말 귀찮은 일이다. 집 안 청소를 끝내니 속까지 시원해졌다. 뽀송뽀송한 바닥에 누워 쉬고 있는데 전화벨 소리가 울렸다.

도명희 선생님께서 월악산에 송순松筍 따러 오라고 기별을 하신 거다. 생각해보니 작년에 그녀가 담은 송순청 맛에 반해 송순 딸 때 불러달라고 신신당부했던 기억이 났다. 그녀를 만나러 월악산 자락에 위치한 미륵리로 향했다. 수안보를 지나 월악산 가까이에 이르자 멀리 주봉인 영봉靈峰이 보였다. 기암괴석과 소나무가 어우러진 풍경을 바라보고 있자니 성스러운 기운마저 들었다. 그녀는 이곳이 봄에는 예쁜 꽃들이 피고, 여름에는 계곡물이 시원하며, 가을에는 단풍이 붉고, 겨울에는 설경이 아름다운 곳이라고 자랑한다. 사과 농사는 핑계고 사시사철 월악산이 주는 매력에 푹 빠져 살고 있다는 그녀를 따라 산으로 올랐다. 산속으로 들어서니 손바닥만 한 나뭇잎들이 하늘을 가렸다. 그 사이로 반짝이는 햇살 한 자락이 쏟아진다. 은은한 솔향기 때문일까? 호흡은 깊어지고 머리는 맑아졌다. 산림욕을 즐기며 20분쯤 올라가니 눈앞으로 넓은 솔밭이 펼쳐졌다.

《동의보감東醫寶鑑》에는 솔잎을 오랫동안 생식하면 늙지 않고, 원기가 왕성해지며, 머리가 검어지고, 추위와 배고픔을 모른다고 했다.《본초강목本草綱目》에도 솔잎을 가늘게 썬 뒤 다시 이것을 갈아 날마다 밥 먹기 전에 술과 함께 먹거나 솔잎 끓인 물로 죽을 만들어 먹으면 건강에 좋다고 기록되어 있다.

송순은 송화 가루가 날려 없어진 후 솔잎이 바늘처럼 뾰족하게 올라올 때가 최고로 좋다고 한다. 이 시기에는 수분과 송

진을 가장 많이 간직하고 있어 청이 많이 나오기 때문이다. 조금만 늦으면 새순이 딱딱하게 목질화되어 청을 얻는 데 실패할 수도 있다. 손에 장갑을 끼고 가지 끝에 새로 올라온 순을 잘랐다. 겉으로는 억세게 보였지만 큰 힘을 주지 않아도 똑똑 소리를 내며 쉽게 꺾였다. 나무가 흔들릴 때마다 신선한 솔향기가 풍겨 나왔다. 도명희 선생님은 송순에 설탕을 섞어 항아리에 담아 땅속에 묻어두었다가 이듬해 꺼낸다고 했다. 1년을 땅속에서 숙성시킨 송순청은 귀한 손님께만 내는 특별한 음료란다.

산에서 내려오니 목이 말랐다. 도 선생님이 송순청을 찬물에 타고 얼음 두어개 띄워서 내왔다. 작년에 담았다는 송순청은 솔향이 진하게 풍겼다. 입안이 화해지면서 막힌 곳들이 열리는 기분이랄까? 머리에도 솔바람이 일었다.

송순

소나무

송순청

• 꺾은 송순은 흐르는 물에 흔들어 씻어 벌레를 제거한다.
• 채반에 퍼서 물기가 빠지게 둔다.
• 소독한 병에 송순과 황설탕을 켜켜이 담는다.
• 그대로 두었다가 물이 생겨나면 저어 설탕을 녹여준다.
• 1년간 시원한 곳에 두었다가 거른다.

송순주

• 손질한 송순을 병에 담고 소주를 부어주면 된다.
  (오래 둘수록 진한 맛이 난다.)

돼지고기는 삶아 수육을 만들고 월악산에서 채취한 더덕, 산미나리, 잔대 새순을 합하여 송순청으로 무쳤다. 커다란 접시에 얄팍하게 썬 수육을 돌려 담고 가운데는 산나물새싹샐러드를 수북하게 올렸다. 가히 신선의 밥상이라 할 만했다. 월악산의 초여름이 입안으로 들어왔다. 2년 묵힌 송순주로 건배하니 신선이 따로 있나, 오늘은 내가 신선이지!

방귀가 뽕뽕

뽕잎밥

뽕잎장아찌

뽕잎튀김

"옛날에는 먹을 것이 없어 굶기를 밥 먹듯이 했단다"라는 할아버지의 말씀에 손자가 "라면 먹으면 되지 왜 굶어요!" 하고 답했다는 일화에 어이가 없어서 웃었던 기억이 있다. 사실 먹을거리가 넘쳐나는 세상이다 보니 밥을 굶는다는 말에 공감 못 하는 신세대가 이해도 된다. 풍요로운 먹을거리는 비만, 당뇨병과 같은 만성 생활 습관병을 불러오고야 말았다. 그 옛날 목숨을 연명하기 위해 어쩔 수 없이 먹었던 음식이 이제는 기능성 식품으로 대접받는 세상이 되었으니 격세지감이 느껴진다. 그중 대표적인 것이 뽕잎이다.

뽕잎으로 시어머니의 건강을 회복시켰다는 함은숙 님을 만나리 제천으로 향했다. 차창 밖으로 보이는 풍경은 여름으로 달려가고 있었다. 논은 파릇하고, 옥수수는 하늘 높이 쑥쑥 자라고, 감자꽃이 하얗게 피었다. 밀짚모자를 쓴 농부의 손은 멀리서도 바빠 보였다. 도착한 곳은 제천시 덕산면 한적한 시골마을이다. 시어머니의 병간호를 위해 도시의 삶을 버리고 시골살이를 택했다는 함은숙 님, 처음엔 힘들어 눈물만 났는데 이제는 이곳에서 체험교육농장까지 운영할 만큼 적응이 되었단다. 무엇보다 시어머니의 건강이 많이 좋아졌다며 해맑게 웃는 그녀는 순하고 착한 충청도 며느리였다.

함은숙 님을 따라 언덕을 올라 뒷산 밭으로 갔다. 그곳에 있는 키 큰 뽕나무들이 나를 반겨주는 것 같았다. 반짝반짝 윤이 나는 초록잎들이 눈부셨다. 뽕잎을 먹으면 방귀가 '뽕뽕' 나와 뽕나무라는 이름이 붙었다는 이야기도 나누면서 그녀와 나는 한바탕 웃었다. 뽕잎으로 무슨 요리를 만들 수 있느냐고 물어보니 뽕잎밥을 비롯해 뽕잎나물, 뽕잎장아찌, 뽕잎차까지 못하는 요리가 없다고 말한다. 시어머님을 위해 매일 뽕잎 요리를 만들다 보니 이제는 뽕잎 요리만큼은 자신 있다고 했다. 효녀 심청이는 아버지를 위해 인당수에 몸을 던졌지만 효부 며느리는 뽕잎 요리로 시어머니를 구했다.

《본초강목本草綱目》에는 "뽕나무는 뿌리, 잎, 껍질, 열매 어느

뽕잎

하나도 버릴 게 없고 약으로 쓰이지 않는 것이 없다"고 기록
되어 있다. 특히 10월 서리가 내린 후에도 가지에 붙어 있는
뽕잎은 '신선의 약'이라고 불린다. 뽕잎은 식물 중 콩 다음으
로 단백질이 많은 식품으로 혈당과 혈압을 떨어뜨려 콜레스
테롤을 낮추고, 중풍을 예방하고 치료하는 효능이 있을 뿐 아
니라 중금속을 몸 밖으로 배출하는 효과도 탁월하다.

그녀의 뽕잎 요리에는 그녀만의 비법으로 만든 약물이 모
두 들어간다. 그 약물을 만드는 방법부터 배워보기로 했다. 황
기, 하수오, 파, 마늘, 대추를 물에 넣어서 2시간 약 달이듯 푹
끓여 걸렀다. 완성된 약물의 색은 노르스름하고 맛은 달고 부
드러웠다. 한약 냄새가 강하면 음식 맛을 해칠 수 있으니 은은
한 향이 나는 약재만 사용한단다.

뽕잎밥은 불린 쌀에 약물을 넣고 들기름과 간장으로 무친
뽕잎 나물을 얹어 짓는다. 밥뜸이 들 무렵 더덕을 올리면 은은

한 더덕향이 감도는 뽕잎밥이 된다. 비빔양념장은 장독대에서 갓 떠온 집간장에 약물을 조금 섞어 짠맛을 줄이고 갖은 양념을 섞어 만들었다. 뽕잎장아찌는 약물에 간장과 설탕, 식초를 비율대로 합하여 한소끔 끓인 다음 뽕잎을 담은 병에 부어주기만 하면 되었다. 뽕잎튀김 반죽도 약물로 했다.

뽕잎밥

• 채취한 뽕잎은 끓는 물에 소금을 넣고 데쳐 찬물에 헹구어 꼭 짜서 물기를 뺀다.
• 쌀은 씻어 2시간 정도 불린다.
• 뽕잎은 들기름과 집간장으로 밑간을 한다.
• 냄비에 쌀을 안치고 밑간한 뽕잎을 위에 얹어 밥을 짓는다.
• 밥물이 끓으면 불을 낮추고 어슷하게 썬 더덕을 얹어 뜸을 들인다.

뽕잎장아찌

• 채취한 뽕잎을 씻어 채반에 놓아 물기를 뺀다.
• 유리병에 뽕잎을 꼭꼭 눌러 담는다.
• 약물에 간장, 설탕, 식초를 1:1:1 비율로 섞어 끓인다.
• 뜨거운 간장물을 뽕잎이 담긴 병에 붓는다.

뽕잎튀김

• 연한 뽕잎을 골라 준비한다.
• 약물에 밀가루와 전분가루를 약간 섞어 묽은 반죽을 만든다.
• 뽕잎에 마른 가루를 살짝 입힌 다음 반죽물에 적시어 170도 기름에서 바삭
  하게 튀긴다.

오디

5월을 닮은 푸른 밥상이 차려졌다. 뽕잎장아찌 맛이 가장 궁금했다. 아삭아삭 씹히는 오디는 깨알 터지는 듯한 소리가 들렸다. 새콤달콤한 맛이 입맛을 당기게 하니 밥도둑 반찬이다. 뽕잎튀김은 소리까지 바삭해 기분이 좋다. 더덕향이 은은하게 감도는 뽕잎밥! 이렇게 맛있는 보약이 세상에 또 어디에 있을까!

소만小滿

'남녀노소 일이 바빠 집에 있을 틈이 없어'

본격적으로 농사를 시작하는 시기로 이른 지역에선 모내기가 시작된다. 작년 가을에 심은 보리를 수확하고 웃자란 잡초를 제거하느라 일 년 중 농사일로 가장 바쁠 때다. 따뜻한 남쪽 지방에서는 감자꽃이 피기 시작한다.

농가월령가 4월령에는 "비온 끝에 볕이 나니 날씨도 좋구나. 농사도 한창이요, 누에치기 바쁘구나. 남녀노소 일이 바빠 집에 있을 틈이 없어"라고 노래하고 있다. 특히 이 시기에는 가뭄이 들기도 해서 밭곡식 관리와 모판이 마르지 않도록 논물을 대는 일에도 신경을 써야 한다.

일교차가 클 때

낮에는 뜨거운 햇볕이 내려쬐지만 아침, 저녁으로는 찬바람이 불기 때문에 일교차가 크다. 소만 무렵 부는 바람이 몹시 차고 쌀쌀하기 때문에 '소만 바람에 설늙은이 얼어 죽는다', '소만 추위에 소 대가리 터진다'는 속담이 생겼다.

씀바귀와 죽순

옛날에는 소만에서 망종까지의 시기를 5일씩 삼후三候로 나누어 초후初候에는 씀바귀가 뻗어 오르고, 중후中候에는 냉이가 누렇게 죽어가며, 말후末候에는 보리가 익는다고 했다.

늦봄 내지는 초여름의 절식으로 유명한 냉잇국도 소만이 지나 꽃이 피면 먹을 수 없게 된다. 소만에는 씀바귀 잎을 뜯어 나물을 해 먹고, 봄에 심은 상추며 쑥갓, 열무와 시금치를 솎아 먹는다. 소만 무렵이면 땅을 뚫고 솟아나는 죽순도 이 시절에 즐길 수 있는 별미다.

여름

09 망종 芒種

'수염 달린' 곡식을 심는 절기, 망종

24절기의 아홉 번째 절기로 양력 6월 6일, 7일경이다. 까끄라기 망芒, 씨 종種 자를 쓰며 망종은 보리, 밀, 벼와 같이 까슬까슬한 수염이 달린 곡식의 씨앗을 말한다. 따라서 이 시기는 보리와 밀을 베고 벼를 심기에 알맞은 철이다.

망종을 이르는 속담으로는 '보리는 익어서 먹게 되고, 벗모는 자라서 심게 되니 망종이요', '햇보리를 먹게 될 수 있다는 망종'이라는 말도 있다. '망종 넘은 보리, 스물 넘은 비바리'라는 속담도 있는데 이는 망종을 넘긴 보리는 익어서 쓰러져 수확이 적음을 뜻하는 말로 적어도 보리는 망종 3일 전까지는 모두 베야 한다는 의미다. 보리를 벤 자리는 밭갈이를 하고 다른 밭작물의 씨를 뿌려야 했기에 농사 일이 계속 이어지다 보니 일을 멈추는 것을 잊는다는 의미의 망종忘終이라고도 했다.

아내를 위한 약

부추비빔밥

부추닭개장

부추고추장떡

　작년 무더위가 기승을 부릴 때 일이다. 아침 일찍 공부한다
며 도서관에 갔던 딸내미가 얼굴이 하얗게 되어 머리가 아프
고 어지럽다며 집에 왔다. 손발을 만져보니 얼음장이었다. 화
장실로 달려가더니 토하고 한바탕 소동을 피우더니 이내 기
운이 없다며 침대에 축 늘어졌다. 평소 건강했던 아이인데 순
식간에 맥을 못 추니 병원으로 황급히 달려갔다. '냉방병'이란
다. 기억을 돌려보니 딸내미는 여름만 되면 한 번씩 심하게 탈
이 나곤 했다. 내 어머니가 그랬던 것처럼 나도 흰쌀에 부추를
넣어 죽을 쑤어 딸내미에게 먹였다. 더위가 너무 심해도 병이
나고 너무 시원하게 해도 병이 나니 여름은 몸을 보살피기 어

려운 계절이다.

사계절 중 여름에 탈이 많이 나는 이유는 뜨거운 날씨 탓에 양기가 표피로 몰리고 상대적으로 음기가 몸속으로 숨기 때문이다. 이것을 복음腹陰(찬 음기가 뱃속에 숨어 있음)이라 한다. 그래서 피부는 뜨겁지만 뱃속은 차다. 속이 냉한 상태에서 찬 것을 많이 먹으면 배는 더욱 차가워져 배앓이와 설사병이 생기게 되는 것이다. 이렇게 아랫배에 냉기가 쌓이면 감기, 비염, 장염 같은 질병에 자주 걸린다. 그러므로 양기가 강한 채소를 먹어 몸을 덥혀주었다. 부추는 대표적인 양기초陽氣草로 꼽힌다. 오늘은 딸내미를 위해 부추농장을 다녀오기로 했다.

옥천군 이원면에 자리한 조아유농장을 찾아가는 길, 여름의 시작을 알리듯 동네 앞 들판은 싱그러운 초록 낙원이었다. 채마밭에는 오이, 호박, 고추, 가지가 탱글탱글 물이 오르고 있었다. 동네 한가운데에 있는 고가古家의 대문을 열고 들어가니 안마당엔 채송화, 봉숭아가 옹기종기 예쁘게 피었다. 지은 지 100년이 넘었다는 이 집은 어릴 적 내가 살던 집과 비슷했다. 집이 마음이 드니 집 주인에게도 금방 정이 붙는 것 같다. 첫 만남인데도 황상희 님과 나는 살림 사는 이야기가 잘 통했다. 그녀는 남편을 부추 농사 전문가라고 소개했다. 서글서글한 웃음이 좋은 그를 따라 부추 수확에 나섰다. 잘 자란 부추는 처녀의 머릿결처럼 매끈하고 찰랑거렸다. 수확을 앞둔 부추는 작년 10월에 심은 것으로 겨울을 지나고 새순이 나온 '첫물부추'란다. 땅 밑바닥에서부터 줄기를 잡아 올린 다음 작은 낫으로 부추줄기를 쓰윽 잘랐다.

"옥천은 석회질 토양에 분지형 마을이라 햇볕이 잘 들어 부추 맛이 최고예요. 사실 우리 집사람 약으로 쓰려고 기르기 시작했는데 이제는 사업이 되었죠."

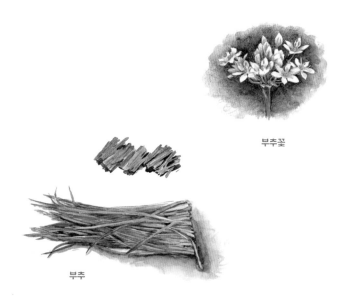

부추꽃

부추

황상희 님 부부는 부추즙을 만들어 전국으로 판매하고 있다.

남편이 부추 농사 전문가라면 아내는 부추 요리 전문가다. 황상희 씨가 양기 가득한 부추로 부추닭개장과 부추비빔밥, 부추장떡을 선보였다. 대파 대신 부추를 듬뿍 넣어 끓이는 부추닭개장은 이 댁의 여름철 보양식이란다.

부추 농사짓는 댁이라서 그런지 모든 요리에 부추가 들어간다. 비빔밥도 부추비빔밥이다. 송송 썬 부추에 볶은 고추장만 있으면 남자들도 얼마든지 만들 수 있는 여름철 최고 메뉴다.

부추비빔밥

- 다진 쇠고기에 후추가루, 다진마늘, 깨소금을 넣어 조물조물 무친 다음 프라이팬에 볶는다.
- 고추장에 물을 조금 섞어 볶은 고기와 합하여 바글바글 끓인다.
- 고추장이 윤기 나게 볶아지면 마지막에 꿀 한 수저를 섞는다.
- 부추를 쫑쫑 썰어 따뜻한 밥에 듬뿍 올리고 계란 부침도 얹는다.
- 볶은 고추장 한 수저를 넣어 비빈다.

부추닭개장

• 토종닭은 찬물에 깨끗이 씻어 된장을 약간 풀고 푹 끓인다.

• 닭이 삶아지면 식혀서 살을 바른다.

• 찢은 닭고기 살에 고춧가루를 넉넉히 넣어 얼큰하게 양념하여 무친다.

• 부추는 길게 썰어 달걀물을 살짝 코팅하듯 무친다.
  (부추를 부드럽게 먹는 비법이다.)

• 닭 삶은 국물은 기름을 걷어내고 양념에 재워두었던 닭살을 넣어 끓인다.

• 조선간장으로 간을 맞추고 달걀물로 코팅한 부추를 넣어 살짝 끓인다.

부추고추장떡

- 청양고추를 믹서에 곱게 간다.
- 밀가루에 고추장을 먼저 섞고 부추와 간 청양고추를 넣어 잘 섞는다.
- 기름을 두른 프라이팬에 얄팍하게 부친다.

우리 딸에게 먹이고 싶은 양기 가득한 부추 밥상이 푸짐하게 차려졌다. 부추향 솔솔 나는 부추비빔밥, 펄펄 끓는 얼큰한 부추닭개장, 시골 엄마의 맛이 그대로 살아 있는 부추장떡까지 먹으니 속이 후끈 달아올라 얼굴까지 붉어졌다. 냉방병아 물러가거라.

여름엔 보리밥

보리밥

강된장

쌈

    유난히 가물어 농부들의 애를 태우던 봄을 지나 드디어 햇보리 수확철이 되었다. 누렇게 익은 보리밭에서 스르르 스르르 소리가 바람결에 들린다. 잠시 가을인 듯 착각에 빠져들었다. 멀리서 뻐꾸기는 착각하지 말라고 뻐꾹뻐꾹 소리를 내며 운다. 청주시 북이면 현암리, 보리를 베는 이성윤 이장님의 손길이 분주하다. 이 마을에서 생산되는 보리는 기능성 찰보리로 가뭄 속에서도 풍년이라고 한다.

    자세히 살펴보니 여문 보리 알맹이가 보랏빛이다. 까보니 밀 마냥 톡톡 하나씩 빠진다. 식감도 좋지만 아이들 성장에 필요한 영양소가 듬뿍 들어 있다며 입에 침이 마르도록 이장님의 자랑이 이어진다. 자수정 찰보리는 안토시아닌과 섬유질이 풍부하고 혈당 조절을 도와주는 알칼리성 식품으로 알려져 있다.

몸에 좋은 보리밥을 맛있게 지어줄 문화 류씨 34대손 김종희 종부를 만나러 옆 마을에 갔다. 종갓집답게 넉넉한 기와집, 시어머니와 함께 장을 담그며 살아온 세월이 항아리에 고스란히 담겨 익어가고 있었다.

먼저 보리밥을 지으려면 보리를 맑은 물이 나올 때까지 박박 문질러 씻는다. 예전에는 보리쌀을 '닦는다'고 했다. 깨끗이 씻은 보리쌀은 한 번 삶아 밥을 지어야 섬유소가 부드러워져 소화가 잘된다. 씻은 보리쌀을 솥에 넣고 설익을 만큼 삶아서 어레미에 건진다. 밥을 지을 때는 삶은 보리쌀에 쌀을 한 줌 섞어 밥을 한다. 이렇게 지은 보리밥은 찰기가 있고 구수하고 보드랍기가 이루 말할 수 없다.

보리가 자라는 과정

자수정보리

김종희 씨 된장엔 600년 종가의 비법이 숨어 있다. 유기농 콩으로 메주를 만들고 장을 담가 3년간 장독에서 숙성시킨 된장은 깊고도 풍부한 맛이 일품이다. 금방 항아리에서 떠온 된장으로 강된장을 만들었다. '강'이란 말은 '자작하다'는 표현이다. 애호박, 표고버섯, 양파는 잘게 썰어 준비하고, 마늘과 함께 다진 쇠고기를 들기름에 달달 볶아준 다음 쇠고기가 어느 정도 익으면 양파와 표고버섯, 애호박 순으로 넣어 함께 볶는다. 여기에 멸치 육수를 붓고 된장을 풀어준 다음 고춧가루를 풀고 마지막에 두부를 넣어 한소끔 끓이면 되직한 강된장이 된다. 바글바글 끓는 강된장은 보기만 해도 군침이 돈다.

된장에 햇양파를 듬뿍 다져넣고 매실발효액과 깨소금을 섞으니 쌈장이 뚝딱 만들어졌다. 초간단 쌈장이지만 알고 보면 장점이 많다. 된장을 날로 먹으면 살아 있는 유산균을 훨씬 더 많이 섭취할 수 있다. 보리는 찬 성질인데 따뜻한 성질의 된장을 함께 먹으면 몸에 조화로운 음식이 된다.

집 앞마당에서 잘 자란 머위 잎을 따서 양배추와 함께 찌고, 텃밭에서 딴 상추와 쑥갓도 씻어 채반에 담았다. 여름철 건강을 지켜주는 영양 만점 보리밥에 강된장, 그리고 푸짐한 쌈 채소까지 곁들이니 왕후의 밥상이 부럽지 않다. 머윗잎에 보리밥을 올리고 된장을 넣고 쌈을 싸서 입에 넣었다. 보리쌀

보리밥

강된장

쌈

은 입안에서 오들오들 씹히고 쌉쌀하고 향긋한 머위는 입맛
을 살려주었다. 보리밥에 강된장을 쓱쓱 비볐다. 기가 막히다.
무더운 여름을 이기는 보리밥은 좋은 사람들과 둘러앉아 고
향을 추억하며 먹고 싶은 건강식이다.

망종芒種

1년 중 가장 바쁜 절기

'불 때던 부지깽이도 거든다', '별 보고 나가 별 보고 들어온다', '발등에 오줌 싼다' 등의 속담은 1년 중 가장 바쁜 절기인 망종과 어울리는 속담이다.

보리 베기와 모내기

망종에는 '망종보기'라 해서 망종이 일찍 들고 늦게 듦에 따라 그해 농사의 풍흉을 점친다. '망종이 4월에 들면 보리의 서를 먹게 되고 5월에 들면 서를 못 먹는다'는 속담이 있다. 보리의 서를 먹는다는 말은 풋보리를 처음 먹기 시작한다는 뜻이다. 음력 4월에 망종이 들면 보리농사가 잘되어 빨리 거두어들일 수 있으나, 5월에 들면 그 해 보리농사가 늦게 되어 망종 내에 보리농사를 할 수 없게 된다고 한다. 또 다른 속담으로는 '보리는 망종 사흘 전까지 베라'는 말도 있다. 망종이 지나면 밭보리가 더 이상 익지 않고 바람에 쓰러지기도 하니 무조건 베는 게 낫다는 뜻이다.

망종과 보리개떡

망종의 절기음식은 지역별로 차이가 있는데 풋보리를 '서포리'라 하는 제주도에서는 망종이 되면 서포리를 불에 구워 먹고 풋보리 이삭을 뜯어 보릿가루로 죽을 끓여 먹었다. 보리가루죽을 먹으면 여름에 보리밥을 먹고 배탈이 나지 않는다고 믿었기 때문이다. 전라도에서는 망종에 '보리그스름(보리그을음)'을 해 먹었다. 망종에 풋보리를 베어 불에 그슬려 먹으면 이듬해 농사가 풍년 든다고 믿었다. 보리밥과 보리죽, 보리개떡도 망종의 대표적인 음식이다. 마늘과 부추도 한창 맛있는 때다.

여름

10
하 夏
지 至

일 년 중 낮이 가장 긴 하지

24절기의 열 번째 절기. 양력 6월 21일경이다. 일 년 중 낮이 가
장 길며 정오의 태양 높이도 가장 높아 태양으로부터 가장 많은
열을 받는 때다.
옛 문헌에는 여름의 절정인 하지 무렵이면 사슴의 뿔이 떨어지
고, 매미가 울기 시작한다고 했다.

할머니의 손맛

누른국

열무김치

옥천군 안남면은 충북 최대 밀 재배지다. 뜨거운 태양 아래 황금빛으로 출렁이는 들녘에서 옥천살림 주교종 이사님을 만났다. 이곳은 대청댐 최상류 지역으로 문전옥답은 수몰됐으나 금강본류에서 60~70년 대부터 지어오던 친환경 밀농사를 짓고 있다. "요즘은 앉은뱅이밀을 많이 농사짓는데 우리 마을은 토박이 '금강밀'의 명맥을 이어가고 있지요."

그의 우리밀 사랑이 유별난 데는 다 이유가 있었다. 이 지역 학교 급식에 사용되는 밀가루는 모두 여기서 농사지은 밀로 만든 통밀가루라고 한다. 그에게 있어 밀농사는 '고향을 지키는 일'이자 '생명을 지키는 일'이라고 했다.

밀은 성질이 서늘하고 맛은 달다. 마음을 편안하게 해주고 비장을 튼튼히 하고 몸의 열을 내리고 갈증을 멎게 해준다. 그래서 밀은 여름철 음식에 많이 이용된다. 옛날에는 쌀보다 더 귀하게 대접받다가 수입 밀이 들어오면서 밀가루는 건강에 좋지 않은 '백색의 가루'가 되어버렸다.

옥천군 안남면 농민들의 자부심으로 농사지은 금강밀로 충청도식 칼국수인 누른국을 만들기로 했다. 동네를 대표해 누른국을 만들어주실 분은 올해 아흔이 되신 차분용 할머니시다. 누른국을 끓이려면 가장 먼저 해야 하는 것이 반죽이다. 충청도식은 누른국 반죽에 생콩가루를 섞는 것인데 밀가루가 8이면 생콩가루는 2의 비율로 섞고 소금물을 넣어 덩어리로 만든다.

"밀가루만 하면 뿌서져 못써, 콩가루가 들어가면 구숩고 넌출지게넌출지다: 국수가락이 끊어지지 않고 치렁치렁 길게 늘어진다는 순 우리말 되지!"

옛날엔 밀가루가 귀해 여자들은 딩기가루보리겉껍질가루를 섞어 만든 검은색 나는 국수를 먹고, 남자들은 힘을 써야 하니 뽀얀 국수를 먹였단다. 할머니의 주름진 손에서 반죽이 매끈해졌다.

이번엔 동네 며느리 최명숙 씨가 나섰다. 국수 미는 솜씨를 보니 그녀의 솜씨도 예사롭지 않다.

"홍두깨에 힘을 주어 반죽을 꾹꾹 눌러가며 넓고 얄팍하게 밀어야 해요."

반죽이 원두막을 덮을 만한 크기의 이불 호청같이 얇게 밀어졌다. 이걸 바로 접어서 썰면 달라붙어서 안 되니 그대로 펴서 마르기를 기다려야 했다. 기다리는 동안 텃밭에서 열무를 솎아 조선간장에 절여 겉절이를 무쳤다. 조선간장에 풋고추를 다져 넣고 갖은 양념을 섞어 빡빡한 양념장도 후다닥 만들었다. 그리고는 가마솥에 맹물을 붓고 불을 지폈다.

열무

밀

누른국

열무김치

다시 원두막으로 돌아와 밀어놓은 반죽이 말랐는지 확인했다. 분칠을 하듯 밀가루를 뿌려 쓰윽쓰윽 바르고 착착 접어 안반 위에 올렸다. 그리고 칼을 들어 썰기 시작했다. 칼질 소리가 박자를 맞추더니 순식간에 국수가락이 되었다. 밀가루를 다시 뿌려 면발을 훌훌 털어서 물이 펄펄 끓고 있는 가마솥에 넣었다. 흰 거품이 올라오면 채썬 애호박을 넣어 다시 한 번 우르르 끓인다. 순식간에 국수 삶기가 끝났다. 아무리 국수를 잘 밀어도 국수를 빨리 삶지 못하면 국수가 불어버린다. 최 여사님의 이마에 땀이 줄줄 흘렀다.

원두막에 상이 펴지고 열무겉절이와 양념장이 가운데 놓였다. 김이 모락모락 나는 누른국이 내 앞에도 한 그릇. 자극적인 맛이 전혀 없는 담백한 누른국이 칼칼한 열무김치와 어울려 중독성이 있다. 국수 한 대접을 먹고 나니 등줄기에서 땀이 흐른다. 속이 후련하고 든든해졌다.

"할머니 건강하세요. 내년에는 제가 누른국 만들어 드릴게요!" 하는 인사를 남기고 돌아왔다.

나도 올여름엔 그리움을 담아 토종 우리밀로 만드는 충청도식 누른국을 만들어 먹어야겠다.

감자의 변신은 무죄

감자
오색경단

생감자떡

감자를 부르는 말 중에 '하지감자'가 있다. 아마도 하지 무렵에 캐서 그럴 것이다. 하지가 지나면 여름장마가 시작되는데 감자는 물이 조금만 닿아도 금세 썩어버린다. 하지감자는 살이 여물어서 찌면 포실포실한 속살이 툭 터지며 감자향을 내뿜는다.

감자는 강원도를 대표하는 식품이다. 오죽하면 '강원도 감자바위'라는 말도 있지 않은가. 하지만 충청도 괴산군 감물면도 그 못지않은 곳이 되었다. 해마다 감자 축제를 열 정도로 감자 농사가 잘되는 곳이다. 그곳으로 하지감자를 수확하러 달려갔다. 차 안에서 "감자에 싹이 나서 잎이 나서 윙윙쑛, 윙

감자

윙쏫, 가위바위보!" 노래를 부르며 하는 게임으로 점심내기를 했다. "하얀 꽃 핀 건 하얀 감자, 캐보나 마나 하얀 감자, 자주 꽃 핀 건 자주 감자 캐보나 마나 자주 감자…" 노래를 부르기도 하면서 지루함을 달래보았다. 산을 넘고 물을 건너 도착한 곳은 사방이 감자밭이다. 수확을 기다리는 감자는 잎이 노랗게 변했고 감잣대는 힘없이 땅에 누워 있었다.

감물면의 여걸 황귀숙 어머니는 뙤약볕에서 한창 감자 수확을 하고 계셨다. 호미로 땅속을 파자 씨알 굵게 잘 여문 감자가 나왔다. 뽀얗게 살찐 감자가 주렁주렁 많이 나오니까 캐는 재미가 났다. 유난히 가물었던 지난 봄을 생각하면 알알이 실한 감자가 고맙다고 했다. 이곳이 감자 농사로 유명해진 데는 자연환경에 사람의 노력이 더해졌기 때문이다. 강원도처럼 밤낮의 기온차가 크고 토양은 모래가 섞인 사질양토이다. 연구소에서 3년에 걸쳐 생산·보급한 우수한 씨앗 감자로 재배했다. 맛 좋고 저장성이 좋은 감자로 알려지면서 전국의 소비자들로부터 인기가 높단다.

금방 밭에서 캔 감자를 그냥 푹 찐다. 순수한 찐 감자다. 황귀숙 어머니가 감자 하나를 젓가락에 꾹 찔러 건네신다. 김이 솔솔 나는 찐 감자는 껍질이 홀렁홀렁 잘 벗겨졌다. 포실포실하게 분이 났다. 감자는 먹을거리가 부족했던 시절에는 여름 한철 식량이고 간식이었다. 아이들은 매일 밥 대신 감자만 먹었어도 잔병치레 하나 없이 컸다고 한다.

유럽에서는 감자를 '땅속의 사과'라고 부른다. 감자에 들어 있는 비타민 C 때문이다. 비타민 C는 고혈압이나 암을 예방하고, 스트레스로 인한 피로와 권태를 없애는 역할을 한다. 게다가 조리하면 대부분 파괴되어버리는 여느 비타민 C와 달리 감자의 비타민 C는 익혀도 쉽게 파괴되지 않는 장점이 있다. 또 식물성 섬유인 펙틴이 들어 있어 변비에도 특효약이다.

황귀숙 어머니는 '감자오색경단'과 '생감자떡'을 만들어주시겠다고 한다.

찐 감자가 식기 전에 절구에 넣고 약간의 소금과 설탕, 계핏가루로 간을 하여 꿍꿍 찧었다. 으깬 감자를 손으로 떼어 경단처럼 동글동글하게 빚은 다음 꿀을 살짝 발라 고물을 입혔다. 고물은 대추, 검은깨, 땅콩가루 그리고 직접 농사지어 말린 브로콜리가루까지 다양했다. 알록달록 빛깔 고운 감자오색경단이 만들어졌다.

그 다음에는 생감자를 곱게 채썰었다. 거짓말 좀 보태 종잇장처럼 얄팍하게 썰어 실같이 채썰었다. 채썬 감자에 소금과 설탕을 넣고 조물조물 무쳐 5분 정도 두니 감자에서 물이 홍건하게 나왔다. 힘을 주어 꼭 짠다. 최대한 물기 없이 꼭 짜는 게 생감자떡의 비법이란다. 채썬 감자 양만큼의 쌀가루를 1:1 비율로 섞어 버무렸다. 김이 오른 찜통에 한입 크기로 집어서 놓고 가운데에 분홍색 울타리콩을 고명으로 올렸다. 떡을 하려면 쌀가루가 주재료이지만 생감자떡은 감자가 주재료다. 감자만 있으면 간단하게 이 떡을 만들 수 있다. 15분을 기다려

감자오색경단

뚜껑을 열었다. 찜통 안에는 하얀 눈꽃이 가득 피었다. 울타리 콩이 하얀 감자 위에 분홍색 꽃술이 되었다.

'여자의 변신은 무죄'라고 했던가! 감자의 변신도 무죄다. 평범했던 감자가 황귀숙 어머니 손에서 예술로 탄생했다. 알록달록 감자오색경단과 눈꽃 같은 생감자떡이 상에 놓였다. 드디어 맛을 볼 시간! 녹색 경단을 입에 넣으니 브로콜리 향이 확 퍼졌다. 채소 싫어하는 아이들도 감쪽같이 속을 것 같다. 대추채를 붙인 대추 경단은 어르신들이 좋아하는 맛이다. 감자로 만든 경단은 정말 괜찮았다. 하얀 꽃 하나를 젓가락으로 집어들었다. 감자채가 한 가닥도 떨어지지 않고 하나로 뭉쳐 있었다. 담백한 감자의 맛은 살아 있고 모양은 사랑스러웠다.

생감자떡

하지夏至

농사일로 바쁜 하지, 해가 길어 다행

하지 무렵은 장마와 더불어 가뭄도 대비해야 하므로 가을걷이 때만큼이나 바쁠 때다. 메밀씨 뿌리기, 감자 거두기, 고추 밭매기, 마늘 거두기와 말리기, 보리 거두기와 타작, 모내기, 늦콩 심기, 병충해 막기가 모두 하지 무렵 해야 할 일들이니 낮이 길어 천만다행이다.

논에는 벼가 자라고 장마가 시작되는 철

단오를 전후하여 시작된 모심기가 하지 이전이면 모두 끝난다. '하지가 지나면 오전에 심은 모와 오후에 심은 모가 다르다'고 했을 만큼 햇볕의 일조량이 달라지기 때문에 서둘러 모내기를 끝내야 했다. 모내기를 끝내면 논에 물을 대는 것이 농가의 중요한 일이다. 그러다 보니 '하지가 지나면 발을 물꼬에 담그고 산다'는 말까지 생겼다. 이 무렵은 본격적인 장마가 시작되는 철이라 '하지가 지나면 구름장마다 비가 내린다'는 속담도 있다. 이렇듯 비가 벼농사에 절대적이었기 때문에 하지가 되어도 비가 오지 않으면 옛사람들은 하늘에 기우제祈雨祭를 지냈다.

'하짓날은 감자 캐는 날'

절기상 하지를 전후해 캐는 감자를 '하지감자'라 부른다. 하지 무렵의 감자가 가장 맛있기도 하다. 하지가 지나면 감자알이 잘 여물지 않고 감자 싹이 죽기 때문에 '감자환갑'이라는 말도 있다. 포슬포슬 분 나는 하지감자는 쪄 먹어도 맛있고 강판에 갈아 감자전을 부쳐 먹어도 좋다.

여름

11
소서 _{小暑}

'작은 더위' 소서

24절기 중 열한 번째에 해당하는 절기. 음력으로 6월, 양력으로는
7월 5일 무렵이다. 소서는 '작은 더위'라 불리며, 이 시기는 본격적
인 더위와 함께 많은 비가 내리는 장마철이다.

옛사람들은 소서에는 더운 바람이 불어오고, 귀뚜라미가 벽에 기어
다니며, 매가 비로소 사나워져 새를 잡기 시작한다고 했다.

더위를 식혀주는 여름김치

가지소박이

오이소박이
물김치

    더워도 너무 더우니 반찬 만들 엄두가 나지 않는다. 찌개는 끓일 생각조차 하지 못하고 찬물에 밥 말아 한 끼, 상추쌈 싸서 한 끼, 아니면 외식으로 대충 끼니를 해결하고 있었다. 그래도 무슨 반찬을 해 먹으면 좋을까 하면서 인터넷 서핑을 하던 중 〈김반장의 시골밥상〉이라는 블로그를 방문하게 되었다. 그녀의 블로그에는 시각장애인 엄마를 모시고 살면서 직접 농사지은 것으로 음식 만드는 이야기가 가득했다. 읽다 보니 자꾸자꾸 그녀의 글에 끌렸다. 〈김반장의 시골밥상〉 운영자는 김경애 씨, 그녀는 보은군 회남면 어부동 연꽃마을에 살고 있었다.

뙤약볕 아래 버드나무는 힘을 잃고 축 늘어졌지만 연못의 초록 연잎들은 싱그러웠다. 군데군데 피어 있는 연꽃은 탐스러웠다. 식당을 운영하시던 그녀의 어머니는 갑자기 시력을 잃게 되어 누군가의 도움이 없이는 혼자 지낼 수가 없게 되었다. 그런데 도시생활은 절대 못 하겠다고 해서 하는 수 없이 그녀가 노모를 모시기 위해 고향으로 내려왔다. 시골에 와서 뭘 할 수 있을까 막막했는데 어머니가 가꾸시던 텃밭에 씨를 뿌리고 농사를 짓기 시작했다고 한다. 농사라곤 아무것도 몰랐던 그녀는 이웃의 도움으로 이제 어엿한 농사꾼이 되었다. 시골에서는 돈 한 푼 들이지 않아도 부지런히 몸만 움직이면 엄마를 위해 진수성찬을 차릴 수 있었다. 취미로 시작한 블로그에 엄마를 위해 만든 요리를 틈틈이 연재하여 이제는 파워 블로거가 되었다고 한다. 오늘은 그녀가 가꾼 채소로 여름철 별미 김치를 담기로 했다.

김치 재료를 구하러 나섰다. 그녀의 땀방울로 가꾼 텃밭에는 가지, 고추, 오이, 토마토가 주렁주렁 열려 있었다. 빨갛게 노랗게 잘 익은 방울토마토 몇 알을 따서 맛을 보았다.

"어머, 이렇게 맛있을 수가!"

지금까지 먹어왔던 토마토와는 맛의 차원이 달랐다. 그녀가 시키는 대로 튼실한 풋고추를 따고 윤이 자르르 흐르는 가지도 땄다. 마지막으로 까실까실한 오이까지 따서 바구니 가득 담았다.

가지가자, 茄子는 맛이 달고 성질은 서늘해 몸의 열을 식히고 혈의 운행을 활발히 하여 어혈을 없애준다. 이뇨 효과가 좋은 오이황과, 黃瓜는 장과 위를 이롭게 하고 갈증을 그치게 한다고 《동의보감東醫寶鑑》에 기록되어 있다. 모두 더위를 물리치는 일등 채소다.

팔등신으로 쭉 뻗은 가지를 길게 토막을 낸 후 십자로 칼집을 넣고 소금물에 담궜다. 스폰지 같은 가지는 물에 뜨니 무거운 것으로 눌러주어야 골고루 잘 절여진단다. 가지소박이는 생소하지만 재료와 만드는 방법은 오이소박이와 같았다.

오이소박이물김치와 고추물김치도 담기로 했다. 오이는 끓는 소금물에 데쳐야 끝까지 무르지 않고 아삭하게 먹을 수 있단다. 여름에는 배 대신 참외를 깎아 소박이 속으로 넣으면 향도 좋아지고 시원한 맛이 배가된다고 한다.

고추소박이도 오이소박이처럼 똑같이 만들면 된다. 고추 배를 가르고 씨를 빼낸 다음 소금물에 절여 소를 채우면 된다. 오이소박이와 같은 통에 담아도 되고 따로 담아도 된다.

가지소박이

- 가지는 6cm 길이로 잘라 가운데 열십자로 칼집을 넣는다.

- 천일염을 풀어 만든 소금물에 가지를 담근다.

- 가지가 뜨지 않게 접시를 얹고 그 위에 돌을 올려 누른다.

- 부추, 대파, 양파, 당근을 채썰어 준비한다.

- 밀가루 풀에 고춧가루, 마늘, 생강, 새우젓, 매실액을 섞어 양념장을 만든다.

- 썰어 준비한 채소를 넣어 버무려 소를 만든다.

- 절인 가지는 물기를 꼭 짜고 칼집 사이에 소를 꼭꼭 채운다.

오이소박이
물김치

- 통 오이 그대로 길게 칼집을 세 군데 낸다.
- 끓는 소금물에 오이를 한 바퀴 휘리릭 굴려 꺼낸다.
- 오이 칼집 사이를 벌리고 소를 채워 넣는다.
- 다시마 우린 물에 액젓과 매실청, 소금으로 간을 맞춘다.
- 오이소박이가 담긴 통에 김칫국물을 부어 하루 익힌 후 냉장고에 넣는다.

소 만들기

- 무, 부추, 양파는 채썰고 참외도 씨를 바르고 채썬다.
- 밀가루풀, 마늘, 생강, 액젓, 매실액을 섞어 양념장을 만든다.
- 채썬 무와 부추, 양파, 참외를 섞고 양념을 넣어 고루 섞어준다.

그녀는 산들바람이 불어오는 툇마루에 어머니를 위한 식탁을 차렸다. 가지소박이를 반토막 내어 접시에 담고 통으로 담근 오이소박이물김치도 먹기 좋게 잘라 담고 국물도 흥건하게 부었다. 밭에서 따온 오이와 고추, 토마토도 담아냈다. 그리곤 엄마에게 오늘 만든 음식에 대하여 하나씩 조목조목 설명했다. 가지소박이는 칼집 사이에 빨간 양념이 빼곡히 들어 열십자가 또렷하고 배 대신 참외를 넣어 담근 오이소박이라고 말이다. 어머니의 음식 평가가 이어진다. 가지의 부드러운 살맛에 칼칼한 양념이 어울려 입맛을 당기고 오이소박이물김치 국물은 시원해서 갈증을 풀기에 충분하고 오이소박이는 참외향이 난다고 하셨다. 어머니는 나에게 자신의 딸 음식 솜씨가 요리사 뺨친다고 자랑하셨다.

신비의 명약, 인삼

새싹인삼
샐러드

삼계탕

　연일 무더위가 이어지고 있다. 온몸이 땀으로 흥건하게 젖
고, 땀과 함께 기운도 빠졌다. 더위에 지친 사람들은 시원한
커피숍을 찾아 들어가 냉커피만 마셔댄다. 더운 공기와 다르
게 몸속은 점점 더 차가워진다. 여름에 배앓이가 많고 여름 감
기에 걸리는 건 다 몸속과 밖의 날씨가 서로 조화롭지 못하기
때문이다. 이럴 때 먹는 것이 삼계탕이다. 삼계탕은 양기가 강
한 닭고기, 인삼, 대추 등을 푹 끓여 뜨겁게 먹는 이열치열以熱
治熱 열은 열로 다스린다의 음식이다. 일부에선 더운 날에 뜨거운 음
식을 굳이 땀을 뻘뻘 흘리면서 먹을 필요가 있느냐고 하지만
한국인의 정서상 복날 삼계탕에는 특별한 의미가 있다. 아마

인삼

도 삼계탕에 들어가는 인삼 때문일 것이다.

《동의보감東醫寶鑑》에 인삼은 '신초神草'라고 부를 만큼 몸과 마음의 기를 보하고 기억력을 좋게 하는 우리나라 대표 약재다. 조선의 왕 중 최고로 장수했던 영조英祖는 지독한 복통과 가려움증을 인삼으로 치료하고 83세까지 살았다. 영조가 먹었던 인삼은 지금처럼 재배한 삼이 아니라 산삼이었지만 우리 땅에서 나는 토종 인삼은 고려시대부터 '고려인삼'이라 하여 뛰어난 약효와 품질로 명성을 떨쳤다.

복날에 쓸 인삼을 구하러 충북 음성으로 갔다. 도착한 곳은 충북 음성군 금왕읍 천일인삼농원이다. 그런데 인삼밭은 보이지 않고 비닐하우스만 여러 개 있다. 잘못 찾아온 것 같아 두리번거리고 있는데 정용운 대표님이 비닐하우스 안에서 나왔다. 정용운 대표는 아들과 함께 4대째, 2만 평의 인삼밭을 경작하는 인삼 농사 전문가다. "인삼은 어디에 있어요?" 물으니 비닐하우스 안에 있다며 따라오라고 한다. 비닐하우스 안으로 들어가니 온통 초록 세상이다. 싱그러움이 넘쳤다.

"우와, 너무 예뻐요. 근데 이게 뭐예요?"

"이건 새싹인삼인데 뿌리부터 잎까지 통째로 먹을 수 있어요."

인삼의 유효성분은 사포닌인데 통째로 먹을 수 있는 새싹인삼에는 뿌리 인삼보다 8배의 사포닌이 들어 있단다.

인삼은 몸통이 굵은 6년근을 최고로 쳐주는데 새싹인삼이 효과가 더 좋다니 깜짝 놀랄 일이다. 인삼 농사도 시대 흐름에 따라 변신에 변신을 거듭하고 있는 중이었다. 이 새싹인삼은 샐러드용으로 팔려 나간단다. 이 댁에선 삼겹살을 먹을 때 쌈채소처럼 싸서 먹고, 갈아서 주스로도 마신다고 했다.

이 댁의 신세대 며느리는 새싹인삼샐러드를 잘 만들었다. 생으로 먹을 수 있는 재료는 모두 샐러드 재료가 될 수 있다며 얼음물에 담갔다가 건져 물기를 뺀다. 노랑, 빨강 파프리카는 채썰고 방울토마토는 반으로 갈라 준비했다. 새싹인삼도 적당히 자른다. 중요한 것은 드레싱 만들기다.

- 마늘은 다진다.
- 통후추는 으깬다.
- 간장 5, 올리브 오일 3 , 식초 2, 설탕 2, 레몬즙 1 비율로 섞어 오리엔탈 드레싱을 만든다.
- 준비한 채소의 물기를 뺀 뒤 드레싱을 부어 살살 버무린다.

삼계탕

• 가마솥에 맹물을 붓고 황기를 넣은 후 먼저 푹 끓인다.
• 토종닭에 맛술과 홍삼액을 발라 마사지하고 소금도 살짝 뿌린다.
• 뱃속에 불린 찹쌀을 먼저 채우고 인삼, 대추, 마늘을 넣는다.
• 황기 물이 끓고 있는 가마솥에 속을 채운 닭을 넣는다.
• 1시간 정도 은근한 불에서 곤다.

　　삼계탕 끓이는 조리법은 간단하지만 맛은 천차만별이다.
이 집의 비법은 홍삼액을 닭껍질에 발라 잡냄새를 제거하는
데 있다. 황기는 식은땀이 나는 것을 막아주는데 찬물에서부
터 미리 끓여야 약 성분이 잘 빠져나온다. 흐물흐물하게 삶아

진 닭이 상 가운데 놓이고 새싹인삼샐러드도 그 옆에 차려졌다. 가족들이 한 상에 둘러앉았다. 시아버지는 홍삼 막걸리로 건배를 청한다. 여름을 건강하게 잘 나자며 "브라보, 브라보!" 하면서 잔을 들었다. 홍삼 맛이 짜르르하게 목을 타고 뱃속으로 들어갔다. 닭다리 살을 한 입 뜯고 샐러드 한 젓가락을 입에 넣고 씹어 보았다. 쌉싸래한 인삼향이 입안에서 느껴진다. 뜨거운 국물을 한 대접 마시니 속이 뜨거워지고 이마에 땀이 송글송글 맺혔다.

소서小暑

김매기와 피사리로 허리가 휘는 농부들

소서 때는 모내기를 끝낸 모가 뿌리를 내리기 시작하는 시기로, 김을 매거나 피사리를 해주며, 하지 때 보리를 베고 난 자리에 심은 콩이나 팥의 김을 매준다. 김매기와 피사리를 마친 논둑과 밭두렁의 풀을 깎아 퇴비를 장만하는 것도 농부들의 일이다.

'소서가 넘으면 새 각시도 모 심는다'

소서가 지나면 본격적인 더위가 진행돼 모심기에 늦기 때문에 갓 시집온 새색시 일손이라도 총동원해 모심기를 끝내야 함을 강조한 말이다. 비슷한 속담으로 '소서 모는 지나가는 사람도 달려든다', '7월 늦모는 원님도 말에서 내려 심어주고 간다'가 있다.

뙤약볕 아래 비지땀을 흘릴 때 좋은 음식

소서 무렵에는 자두, 포도와 같은 과일이 풍성하고, 애호박도 단맛이 오른다. 초여름에 갓 수확한 햇밀가루로 만든 음식도 이때가 가장 맛있다. 감자와 애호박을 넣고 끓이는 칼국수와 수제비, 비 오는 날 고소한 기름내 풍기며 한가롭게 부쳐 먹는 부침개도 모두 밀가루를 이용한 음식이다. 겨울을 나며 자란 밀은 성질이 차가워 무더위 때문에 생기는 열을 없애주고 더위를 식혀주어 기력을 높인다고 한다. 소서 즈음 바다에서는 민어가 많이 잡힌다. 여름철 산란을 앞두고 한창 기름이 오른 민어는 회와 매운탕 감으로 최고다. 성질이 따뜻한 민어가 여름철 차가워지는 오장육부의 기운을 돋우어 보양식으로 즐긴다. 소서가 지나며 드는 초복의 대표적인 보양식으로는 삼계탕과 개장국이 있다.

여름

12
대서 ^{大暑}

'염소의 뿔도 녹인다'는 대서

24절기의 열두 번째 절기. 음력으로는 6월 중, 양력으로는 7월 23일경이다. 일 년 중 가장 더운 날이다. 염소 뿔을 녹일 만큼 '큰 더위'라니 얼마나 더운 걸까.

초복과 중복 사이에 드는 대서는 삼복더위의 절정기다. 우리말에는 더위를 표현하는 말이 풍성하다. 무더위, 불볕더위, 찜통더위, 가마솥더위는 의미는 조금씩 차이가 있지만 모두 대서 무렵의 큰 더위를 표현한 말이다.

옛사람들은 대서에는 썩은 풀이 화하여 반딧불이 되고, 흙이 습하고 무더워지며, 때때로 큰비가 내린다고 했다.

무더위에도 수박만 있다면

수박화채

수박나박김치

외출했다가 돌아오면 제일 먼저 냉장고로 달려간다. 수박을 꺼내 뚝 잘라 그 자리에 서서 두어 조각 먹어 치운다. 달다. 속이 시원하면서 땀이 쏘옥 들어간다. 그런데 요즘 수박은 달아도 너무 달고 속도 너무 빨갛다는 생각이 든다. '혹시?' 하고 이상한 생각도 해본다. 백문이불여일견이라 직접 수박 농장을 찾아 가보기로 했다.

음성군 금왕읍, 이곳은 농수산물시장에서 최고의 몸값을 올리고 있다는 '금왕꿀수박'이 나오는 곳이다. 찜통 같은 비닐하우스 안에서 장정들이 수박 수확에 한창이다. 진초록 수박 넝쿨 사이에서 애만 한 수박을 한 덩이씩 들고 나온다. 잘라

보기 전에는 속을 알 수 없는 게 수박인데 어떻게 익은 걸 알아보는지 궁금했다. 이강락 회장님은 수박을 두드렸을 때 통, 통, 통, 맑은 소리가 나고 표면에 하얗게 분이 올라온 게 잘 익은 것이라고 했다. 가르쳐준 대로 수박을 골라보았다. 칼을 대니 짝하는 소리와 함께 분홍색 속살이 드러났다. 덜 익은 거 아니냐고 물으니 진한 빨간색보다 연한 분홍빛이 도는 게 맛이 좋은 것이라고 한다. 진짜 살살 녹는 단맛이다. 이렇게 맛있는 꿀수박을 만드는 데는 남다른 노력이 숨어 있었다. 맛있

수박

는 수박 농사를 지으려면 노지보다 하우스에서 재배하고, 거름을 충분히 주고, 수박 넝쿨 하나에 수박 한두 개만 기르고 수확하기 일주일 전에는 물을 빼서 수박의 당도를 높여주어야 한다.

"사실 수박 모양은 거기서 거긴데 농사짓는 사람에 따라 맛의 차이가 커요."

그의 말에서 자부심이 느껴졌다.

삼복더위에 최고의 인기를 누리는 수박은 맛뿐 아니라 효능도 뛰어나다. 수박의 단맛인 포도당과 과당은 피로를 풀어주고, 90%나 들어 있는 수분은 갈증을 멎게 하고, 열을 내리고, 소변을 잘 보게 하며, 부종을 빼는 효능이 있다. 여름 과일의 왕, 수박은 땀으로 빠져나간 무기질을 공급하여 몸의 밸런스를 맞추어준다.

커다란 수박 한 덩이를 안고 지경자 님을 찾아갔다. 수박 요리에 일가견이 있는 그녀는 무더위에 지친 가족을 위해 자주 만든다는 수박화채와 수박나박김치를 만들어주겠다고 했다.

수박화채부터 만들기로 했다. 수박, 참외, 키위, 블루베리, 레몬 그리고 속이 노란 수박까지 여름 과일은 다 모였다. 그런데 경단을 빚으란다. 화채에 찹쌀 경단을? 새알심을 넣으면 더운 날 한 끼 식사로도 충분하다고 했다. 애들 키울 때 입맛

없어 밥을 먹기 싫어하면 수박화채로 한 끼 식사를 대신하곤
했단다.

수박화채

- 수박을 동그란 모양으로 뜬다.
- 모양을 뜨고 남은 수박은 믹서에 넣어 갈아 체에 거른 후 냉동실에 넣어둔다.
- 참외는 씨를 바르고 얄팍하게 썰고, 키위는 껍질을 벗겨 동그랗게 썰고, 레
  몬도 반달지게 썰어 준비한다.
- 찹쌀 경단을 빚어 끓는 물에 삶아 얼음물에 헹군다.
- 살얼음이 언 수박즙에 새콤달콤한 오미자청과 탄산수를 섞어 화채 국물을
  만든다.
- 화채 국물에 준비한 과일과 삶은 경단을 띄운다.

살림의 고수는 붉은 살을 먹고 난 두툼한 수박 껍질도 버리기 아깝다. 수박 껍질로는 나박김치를 만든다. 사실 수박이 먹을 때는 좋으나 껍데기 처리가 문제인데 정말 좋은 아이디어였다. 수박나박김치의 비법은 감자풀이다. 감자풀은 삶은 감자를 믹서에 갈아 쓰는데 찹쌀풀이나 밀가루풀 대신 사용한다.

수박나박김치

- 배추, 오이, 적양파, 쪽파, 풋고추, 홍고추, 미나리를 준비한다.
- 수박 껍질의 외피를 잘라 버리고 흰 부분만 남겨 나박썰기 한다.
- 나박 썬 수박 껍질과 배추는 소금에 절인다.
- 나머지 재료도 나박김치 크기로 썬다.
- 삶은 감자를 물과 함께 믹서에 간다.
- 고춧가루 국물에 감자를 섞어 김칫국물을 만든다.
- 김칫국물에 절인 수박 껍질과 배추를 섞는다.
- 미나리, 쪽파, 적양파도 넣고 액젓과 소금으로 간을 맞춘다.

보기에도 예쁜 수박화채와 영양이 풍부한 수박나박김치가 완성되었다. 얼른 먹고 싶어졌다. 먼저 나박김치에 국수를 말아 한 젓가락. 매끈하게 넘어간다. 아삭아삭 씹히는 수박 껍질의 맛이 시원함을 더했다. 갈증이 확 풀렸다. 아삭한 과일과 쫀득한 찹쌀경단이 들어 있는 수박화채를 한 사발 먹으면 더위가 통째로 날아갈 것 같다.

달콤하고 향긋한 물이 가득, 분홍색 속살이 달달한 수박만 있다면 무더운 여름도 견딜 만하다.

진한 세월의 맛

생선국수

누치튀김

지금도 생선국수를 처음 맛보았던 그날의 기억이 생생하다. 초등학교 3학년 여름방학, 시골 외할머니 댁을 방문했다. 사촌형제들이랑 함께 먹고 자고 하루 종일 집 앞 개울에서 노는 나날이 이어졌다. 하루는 오빠들이 민물생선을 한 양동이 잡아왔다. 나는 꿈틀거리는 검은빛 생선이 몹시 징그러워 가까이 갈 수 없었다. 그러나 할머니는 아무렇지 않은 듯 붕어의 머리를 자르고 미꾸라지를 호박잎으로 닦아냈다. 할머니가 생선 손질하는 모습을 지켜보고 있던 나는 "난 그런 거 안 먹어!" 하고 소리쳤다. 그러자 "네가 이 맛있는 것을 안 먹나 두고 보자!" 하셨다. 얼마 후 부엌에서 구수한 냄새가 풍겨 나오고 저녁이 되자 생선국수 한 사발이 내 몫으로 차려졌다. 이날 나는 처음으로 생선국수 한 사발을 싹싹 비웠다.

몹시 더워 일도 공부도 열정의 끈을 놓아버린 날 옥천군 청산면으로 생선국수의 원조를 찾아 천렵을 갔다. 천렵은 냇물에서 고기를 잡으며 즐기는 옛날의 피서다.

도착한 곳은 보청천이 유유히 흐르는 지전마을이다. 보청천은 보은 속리산 자락에서 발원하여 청산면을 휘감아 금강으로 합류하는 하천이다. 그래서 이름도 보은과 청산의 첫 자를 따서 지었다고 한다. 보청천은 여름철 아이들의 놀이터이자 천렵을 즐기던 공간이고, 아낙들이 한밤에 목욕하던 곳이다. 물고기가 많아 한여름 더위를 잊게 하는 '천렵국'을 끓여 먹기도 했다.

안동에서 시집온 서금화 씨는 청산 사람들이 끓여먹던 천렵국을 '생선국수'라는 이름으로 탄생시켜 식당업을 시작했다. 55년째 한자리에서 생선국수를 끓여 손님을 대접한다. 그녀의 나이 아흔, 검은 머리의 새댁은 어느새 흰머리 할머니가 되었다. 힘도 달려 이제는 아들과 딸이 대를 이어 생선국수를 끓이고 있다. 할머니는 아직도 곱고 단정한 모습으로 매일 나와 가게를 지키고 계신다.

생선국수의 창시자로부터 생선국수 끓이는 방법을 전수 받

누치

는다니 더없는 영광이다. 갓 잡은 붕어, 메기, 누치, 잉어, 칠어 그리고 산모에게 좋은 가물치까지 이름도 모양도 비늘색도 제각각, 민물생선 학습장이 따로 없다.

"우와, 민물생선 종류가 이렇게 많아요?"

"그날그날 잡아다 주는 대로 사용하니 종류가 조금씩 다르긴 하지만 여러 종류의 생선 맛이 어우러져 구수한 맛이 나는 것 같아요."

깨끗이 손질한 생선을 큰 육수 통에 모두 넣고 넉넉히 물을 부은 다음 불을 켰다.

"처음 2시간은 뚜껑을 열고 센 불로 팍팍 끓이고 나머지 4시간은 중불에서 뼈가 흐물흐물하게 고면 돼요."

6시간의 정성이 들어간 생선 국물은 사골국물처럼 뽀얗다.

"이 뽀얀 진국이 보양식이네요."

"그렇죠, 여름철 이 마을 사람들에겐 생선국이 최고의 보양식이었죠!"

진국으로 고아진 생선 국물을 작은 냄비에 덜어 고추장을 풀어 간을 한 다음 대파와 소면을 넣어 한소끔 끓인다. 새하얀 국수가 빨간 국물에서 부드럽게 익으면서 걸쭉해졌다.

"생선국수의 비법은 뭔가요?"

"첫째는 생선 국물이고, 둘째가 장맛이지! 카랑카랑 얼큰하면서 개운 한 맛이 나게 끓여야 해."

삼복더위에 땀으로 빠져나간 진액을 보충하려면 단백질 식품 섭취가 필수다. 그런데 여름철에는 소화력이 떨어진 상태이므로 단백질 재료를 부드럽게 삶아 따뜻하게 먹어야 소화가 잘된다. 생선국수는 생선을 푹 삶아 매운 양념을 섞어 뜨끈하게 먹는 것이니 더위에 지친 몸을 보양하는 데 안성맞춤이다.

생선튀김은 딸 이미경 씨가 선생으로 나섰다. 몸집이 덜 여문 작은 누치가 재료. 누치를 아무런 양념도 하지 않고 밀가루에 굴린다.

"비린내가 나면 어떡해요?"

"생선에 밑 양념을 하면 튀김이 누글누글해져요."

생선국수

누치튀김

밀가루 옷을 입은 누치를 다시 맹물에 잠깐 담갔다가 바로 기름 솥에 퐁당 빠뜨리니 지글지글 끓는 소리가 요란하다.

"이렇게 하면 밀가루 옷이 하나도 벗겨지지 않고 바삭하게 튀겨져요. 어머니의 비법이죠!"

나는 역시 고수는 뭔가 달라도 다르다며 혼자 중얼거렸다.

생선국수 한 젓가락, 카랑카랑한 국물 맛에 매끄러운 국수가 술술 잘도 넘어간다. 거짓말처럼 비린내가 하나도 안 난다. 땀이 흐르지만 속은 뜨끈하고 시원하다. 갓 튀겨낸 누치튀김은 뼈까지 다 씹히는 것이 씹을수록 고소하다.

진한 세월의 맛이 담긴 생선국수와 누치튀김으로 원기를 회복하고 집으로 돌아오는 길, 요란한 매미소리에 가을이 멀지 않았음을 짐작해본다.

대서大暑

삼복의 한복판, 더위를 피하라

대서는 중복中伏 무렵에 드는 경우가 많다. 《중종실록中宗實錄》에는 세자의 사부가 "강독講讀은 3일에 한 차례 하나 한더위라면 3일을 넘기더라도 무방합니다"라고 아뢰었다는 기록이 있다. 날씨가 얼마나 더우면 세자의 글공부도 잠시 쉬었을까. 삼복더위를 피해 술과 음식을 준비해서 산과 계곡을 찾아가 노는 풍습은 오래 전부터 있었다. 요즘 사람들이 피서와 여름휴가를 가장 많이 떠나는 것도 이 시기다.

1년 중 가장 더운 날에 먹는 음식

더위를 이기는 데는 수분이 많은 과일만 한 음식도 없다. 마침 장마 뒤에 찾아오는 대서 즈음엔 과일 맛이 가장 달고 좋다. 수박과 참외는 여름철 갈증 해소에 제격이고 복숭아는 달콤한 향과 맛으로 식욕을 증진시키고 피로를 풀어준다. 옥수수도 단백질과 비타민이 풍부해 지치기 쉬운 여름철 체력을 보충하고 무기력증 해소에 좋다. 제철 과일을 이용한 화채나 수분이 풍부한 오이를 이용한 오이냉국도 더위를 물리치는 효과가 있다.

예로부터 더위로 떨어진 기력을 보충하기 위해서 보양식도 즐겼다. 미꾸라지로 끓인 추어탕, 잉어와 오골계로 끓인 용봉탕, 영계로 육수를 내 데친 채소와 깨를 갈아서 차갑게 먹는 임자수탕荏子水湯은 전통적인 여름철 보양식이다.

가을.

입추가 되어도 늦더위가 이어진다.
올갱이를 잡아 아욱을 넣어 끓이고,
여름에 넓적하게 자란 연잎을 따서 찰밥을 지어 연잎밥을 쌌다.
서서히 더위가 가시기 시작하는 처서에는
싱싱한 들깻잎을 따서 밑반찬을 만들고
고소한 들깻송이도 바람에 말렸다.
낙엽 떨어진 가로수와 벼를 베고 난 논이 쓸쓸해 보이면
겨울이 문 앞에 당도한 것이다.

가을

13
입추 立秋

가을의 길목, 입추

여름이 끝나고 가을로 들어섬을 알리는 입추는 양력 8월 8일경이다. 말복을 앞두고 연일 35도를 웃도는 폭염의 정점에서 맞이하는 입추라니! 갈수록 여름이 길어지는 기후변화의 시대에 8월 초에 마주하는 입추는 생경하다. 그래도 늦더위가 길게 이어지는 속에서 아침저녁으로는 간간이 바람이 스친다. 가을이 다가오고 있는 것이다.

계절의 변화를 기록한 옛 문헌을 보면 입추에는 서늘한 바람이 불어오고, 이슬이 내리며, 쓰르라미가 울기 시작한다고 나온다.

여름에 지친 당신께

올갱잇국

올갱잇국은 내 솔 푸드Soul food다. 피곤하고 입맛이 없을 때면 일부러 올갱잇국을 먹으러 간다. 올갱잇국이 내 솔 푸드가 된 데는 아버지의 영향이 컸다. 내가 살던 마을 앞에는 큰 내가 흘렀다. 어머니는 저녁을 일찍 지어 우리 삼남매를 먹이고 냇가로 나가 올갱이를 잡아오시곤 했다. 그러면 다음날 아침에는 영락없이 올갱잇국이 밥상에 올라왔다. 시원한 올갱잇국 한 사발을 개운하게 다 비우고 나면 아버지는 "올갱잇국을 먹으니 눈이 다 훤해졌다"고 하시며 수저를 놓으셨다. 그때는 아버지 말씀이 거짓말 같았는데 이제야 그 말뜻을 알 것 같다.

올갱이를 잡으러 영동군 매곡면 강진리를 찾았다. 동네 입구부터 호두나무 숲이 울창했다. 강진리는 푸른 잎사귀 사이로 하늘만 빼꼼히 보이는 산골 마을이다. 골짜기마다 흐르는 맑은 물줄기가 내를 이루고 있다. 이 마을 이장님께서 올갱잇국을 가장 맛있게 끓인다는 정복순 할머니를 추천해주셨다. 올해 여든이 되셨다는 정복순 할머니는 믿기지 않을 정도로 몸이 재빠르셨다. 그 연세에도 손수 살림 다 하시고 농사까지 지으신다.

할머니 뒤를 따라 올갱이를 잡으러 동네 앞에 있는 계곡으로 갔다. 유리알처럼 맑은 물이 흐르는 이곳은 이 마을 사람들이 올갱이를 잡고 가끔은 고기도 구워 먹는 휴식처라고 했다. 계곡물에 발을 담그자 몸이 오싹해지고 이마에 흐르던 땀이 쏙 들어간다. 투명한 물속 사이로 돌에 붙은 올갱이가 보였다.

올갱이

탱자나무

올갱이 잡이에 정신이 팔리면 시간이 언제 지나가는지도 모른다. 구부린 허리를 펴고 할머니의 바가지를 보았다. 똑같이 시작했는데 할머니께서 나보다 두 배를 잡으시며 노익장을 과시하셨다.

할머니는 올갱이를 알맞게 잘 삶아야 까기가 쉽다며 오래 삶으면 안 된다고 했다. 우르르 된장물이 끓자 삶은 올갱이를 건져 놓고 할머니는 어디론가 사라졌다가 나무가지를 들고 나타나셨다.

"이게 탱자나무인데, 요 가시로 올갱이를 빼면 바늘보다 잘 빠져."

정말 신통방통하게 꼬불꼬불 말린 올갱이 속살이 쏙쏙 빠졌다. 할머니는 올갱이 까기는 하나씩 빼 먹는 재미라며 올갱이가 매달린 탱자나무 가시를 내 입 가까이 대주셨다. 오들오들 씹히는 쌉사래한 맛이 일품이었다.

올갱잇국에 갓 지은 흰 쌀밥으로 할머니의 밥상이 차려졌다. 올갱이의 쌉사름한 맛과 된장이 그윽하게 잘 어울렸다. "고깃국보다 더 맛있어요" 하니 할머니께서는 "산골에서는 이것도 고깃국이지!" 하시면서 돌아가신 할아버지께서 올갱잇국을 좋아하셔서 여름이면 매일 끓였지만 이제는 가끔 아들이 올 때 해장국으로 끓이신단다.

올갱잇국

올갱이 삶기

- 잡아온 올갱이를 작은 돌로 문질러 닦는다.
- 푸르스름한 물때를 벗겨내고 맑은 물이 나올 때까지 씻어 채반에 건져서 물기를 뺀다.
- 가마솥에 된장을 풀고 끓어오르면 머리를 내민 올갱이를 솥에 넣는다.
- 된장 국물이 우르르 한소끔 끓으면 올갱이를 건진다.

올갱잇국 끓이기

- 아욱을 뜯어 억센 줄기는 다듬어 버리고 부드러운 줄기는 껍질을 벗긴 뒤 풀물이 빠지게 바락바락 주물러 씻는다.
- 올갱이 삶은 된장국물에 준비한 아욱과 부추를 넣고 한소끔 끓인다.
- 다진 마늘과 파를 넣고 한소끔 더 끓여 간을 맞춘다.
- 아욱이 들어간 된장국을 한 대접 뜨고 그 위에 간 올갱이를 수북하게 올린다.

《신약본초神藥本草》에 "간과 쓸개를 구성하는 청靑색소가 부족할 때 병이 나는데 그 청색소가 올갱이에 있다"고 쓰여 있다. 술 마시고 난 뒤 올갱잇국을 먹으면 주독을 푸는 데 도움이 된다. 간은 오행五行 중 목木에 속해 간이 좋아지면 눈도 따라서 좋아진다. 또한 빈혈 치료에 도움을 주고 필수아미노산인 라이신 성분이 풍부해 면역력 증가와 성인병 예방에도 효과가 있다.

올갱잇국을 끓이는 방법은 집집마다 비슷하지만 장맛에 따라 국맛이 조금씩 달라진다. 계절별로 부추, 근대, 아욱, 시금치 등 어떤 채소를 넣고 끓여도 맛있다. 바다가 없는 내륙의 사람들에게 올갱잇국은 영원한 솔 푸드이자 보양식이다.

마음은 비우고 기운은 채우고

연잎밥

연잎차

    농장 가꾸는 일이 놀이라고 말하는 김기완·박순이 부부는 열심히 돈벌이를 하던 어느 날 '무엇을 위해 살고 있나?' 하는 회의가 찾아왔고 고향이 몹시 그리워졌다. 무조건 옥천군 이원면 고향으로 내려왔다. 월이산 자락에 자리를 잡고 맨몸으로 길을 내고, 집을 짓고, 나무 한 그루, 꽃 한 포기까지 직접 심고 가꾸었다. 그렇게 하기를 16년째, 지금의 '평달교육농장'이 완성되었다. 올해도 농장 입구에 있는 연못에 새로 다리를 놓았다.

    다리 위에 서니 연못이 한눈에 내려다보인다. 어느덧 연못에도 가을이 찾아들었다. 푸른 연잎이 하나둘 누렇게 시들기 시작하고 연꽃이 피었던 연밥엔 검은 알을 채우고 사람 대신 잠자리만 연못가를 맴돌고 있다. 박순이 여사님은 얼마 전까지 이곳에 연꽃이 만발했다며 "저희 집에 오시는 분들이 이곳에서 마음을 씻는 곳이에요. 그래서 이름도 '세심정洗心亭'이라고 붙였어요"라고 하신다.

식재료로 사용할 수 있는 연은 하얀 꽃이 피는 백련이다. 그래서 세심정에는 백련만 심었다고 한다. 가을이 깊어질수록 연향도 진해진다. 박 여사님은 연잎으로 연엽주를 빚고 연잎차를 덖고 연잎밥도 만드신다고 한다. 오늘은 연잎밥과 연잎차를 만들기로 했다. 연못은 보기보다 깊고 진흙이라 함부로 들어가면 큰일난다며 연못가에서 감 따는 장대 가위로 연잎을 따주셨다. 나는 소녀처럼 연잎 우산을 쓰고 사진도 한 장 찍었다.

연잎밥은 찰밥 짓기가 먼저다. 충분히 불린 찹쌀에 삶은 팥과 서리태를 섞고 팥 삶은 물로 밥물을 부어 소금 간을 하여 밥을 짓는다. 찰밥이 지어지는 동안 연잎을 적당한 크기로 등분하고 밤, 대추, 땅콩, 연근, 단호박을 고명으로 준비한다. 고명의 종류가 너무 많다 싶을 정도다. 하지만 그녀는 재료마다 각자 자기 역할이 있다고 했다. 팥은 여름내 뜨거웠던 몸의 열을 식혀주고 밤과 단호박은 다른 곡식과 맛의 조화를 이루게 해준다.

요즘은 연잎밥을 사시사철 먹을 수 있지만 예전에는 스님들이 삭발하는 날 먹었다. 머리를 깎고 허해진 기氣를 보충하기 위해 고기 대신 잡곡과 견과류가 듬뿍 들어간 찰밥을 먹었던 것이다. 스님이 먼 길을 떠날 때는 연잎밥이 도시락을 대신하기도 한다. 연잎의 살균작용이 밥을 상하지 않게 한다.

연잎밥은 만드는 데도 정성이 듬뿍 들어간다. 고슬고슬하게 지은 찰밥으로 주먹밥을 만든다. 주먹밥을 연잎 위에 올려놓고 손으로 꾹꾹 눌러 편편하게 하고 그 위에 준비한 고명을 가지런하게 올린다. 연잎으로 밥을 감싸면서 말아준다. 그 다음 김이 오른 찜통에 쪄서 연잎향이 밥에 스미도록 한다. 연잎밥에 들어가는 여러 가지 재료가 어울리듯 나도 세상과 조화를 이루며 살고 있는지 생각해보았다.

연잎차도 만들었다. 먼저 연잎 꼭지를 잘라내고 둘둘 말아 곱게 채썬다. 채썬 연잎은 김이 오른 찜통에서 살짝 김을 쐬고 응달에 펴서 말린다. 말린 연잎은 다시 은은한 불에서 덖어 펴서 말리기를 세 번 반복한다. 말리는 중간에 손으로 비벼 덩어리진 잎을 떼어준다.

물속에서 자란 연은 성질이 냉하여 여름철 더위로 지친 몸의 열기를 식혀준다. 갈증을 없애주고 머리와 눈에 쌓인 풍과 열을 맑게 하여 어지럼증을 치료한다. 각혈이나 코피, 자궁 출혈 치료에도 좋다. 연의 뿌리는 연근蓮根이라고 하며 비타민과 미네랄 함량이 비교적 높아 생채나 조림에 많이 이용된다. 연의 열매를 연자蓮子라고 부르는데 녹말이 많고 은은한 단맛을 지니고 있다. 한방 약재로 사용하거나, 죽이나 디저트 재료로 사용한다.

모양도 빛깔도 조화로운 연잎밥이 차려졌다. 연잎밥은 예의를 갖춰서 먹는 밥이라고 하시는 박 여사님을 따라 먼저 향기로운 연잎차부터 마셨다. 돌돌 말린 연잎밥를 펼치니 은은한 연잎향기가 퍼졌다. 연잎밥을 쌀 때 올렸던 고명도 얌전하

연근

게 자리를 잡았다. 짭짤한 장아찌 반찬이 화룡점정이다. 한 끼 식사를 했을 뿐인데 마음은 가벼워지고 연잎의 맑은 에너지가 뼛속까지 채워지는 것 같다.

자본주의 사회에서 사는 우리는 돈을 벌기 위해 일하고 일의 가치를 돈으로 평가받으며 산다. 하지만 평달농장의 부부는 자연 속에서 일하며 돈으로부터 자유롭게 사는 법을 배웠다고 한다. 진흙탕에서 자라지만 아름답게 피는 연꽃에선 맑고 향기로운 기품이 우러나온다. 멀리 보이는 KTX는 오늘도 시속 350km로 숨가쁘게 달려가고 있다.

연잎밥

- 찹쌀을 6시간 불린다.
- 팥은 씻어 물을 넉넉히 붓고 삶아 첫물은 따라 버린다.
- 팥에 다시 물을 부어 삶다가 중간 정도로 익으면 건진다.
- 서리태는 물에 담가 3시간 불린다.
- 불린 찹쌀에 삶은 팥과 불린 서리태를 섞고 소금으로 간을 한 뒤 팥물을 부어
  밥을 짓는다.
- 고슬고슬하게 지은 찰밥으로 주먹밥을 만든다.
- 밤은 4등분으로 자르고 대추는 돌려깎아 꽃모양으로 자른다.
- 연근은 얄팍하게 썰어 식초물에 살짝 데친다.
- 단호박은 껍질을 벗겨 밤 크기로 자른다.
- 연잎을 깔고 찐 찰밥을 올리고 고명을 올려 누른다.
- 연잎으로 밥을 돌돌 말아 찜통에 다시 1시간 찐다.

입추立秋

늦여름 햇살 아래 곡식이 여무는 시기

옛사람들은 입추부터 입동까지를 가을로 보았다. 입추 무렵은 늦여름 햇살을 받아 벼가 한창 익어가는 시기로 맑은 날이 오래 지속돼야 풍작이 든다고 했다. 따라서 조선시대에는 입추가 지나 닷새 이상 비가 계속 내리면 조정이나 각 고을에서 비를 멎게 해달라는 기청제祈晴祭를 올렸다. 기청제는 하지가 지나도록 가뭄이 계속 들 때 비가 내리기를 바라며 지낸 기우제祈雨祭와 반대되는 말이다.

입추는 곡식이 여무는 시기이므로 날씨를 보고 점을 쳤다. 입추에 하늘이 청명하면 만곡이 풍년이라 여기고, 비가 많이 내리면 벼가 상한다고 여겼다. 또한 천둥이 치고 바람이 불면 벼의 수확량이 줄어들 것을 걱정했다.

'어정 7월 건들 8월'

입추가 지나면 밤에는 서늘한 바람이 불기 시작한다. 따라서 농촌에서는 이때부터 가을 준비를 시작한다. 김장용 배추와 무를 심을 때다.

'입추 때는 벼 자라는 소리에 개가 짖는다'는 속담이 있다. 그만큼 벼의 성장 속도가 빠르다는 말이다. '말복 나락 크는 소리에 개가 짖는다.'는 속담도 같은 의미다. 이 무렵은 김매기도 끝나고 농촌이 잠시 한가해지는 때라 '어정 7월 건들 8월'이라고 불렀다. 농한기라 어정어정거리며 음력 7월을 보내고 8월도 건들거리며 보내고 나면 일거리가 밀려 발을 동동 구르게 되는 '동동 9월'을 맞는다고 했다. 할일 많은 오뉴월은 '깐깐 5월 미끈 6월'이라 불렀다.

환절기 건강을 지키는 음식

입추라고는 하지만 말복을 앞두고 늦더위가 기승을 부린다. 입추에는 신맛 나는 과일과 야채를 많이 먹어 위와 폐를 보살펴 곧 서늘해지는 가을 날씨에 대비해야 한다. 시큼하게 잘 익은 열무김치는 입추의 음식으로 제격이다. 또한 계절의 기운 이 여름에서 가을로 넘어가는 환절기라 면역력이 떨어지기 쉽다. 전복, 낙지, 장 어, 전어, 재첩 등 영양분이 풍부한 제철 식재료로 만든 음식이 여름내 무더위에 지친 몸의 원기를 북돋운다.

가을

14
처서 處暑

'더위를 처분하는' 처서

24절기의 열 네 번 째 절기로 양력으로 8월 23일경이다. 처서는 '땅에서는 귀뚜라미 등에 업혀오고, 하늘에서는 뭉게구름 타고 온다'는 말이 전해질 정도로 여름 더위가 가시고 선선한 바람이 불면서 가을로 넘어가는 절기다.

《고려사高麗史》의 기록을 보면 처서에는 매가 새를 잡아 늘어놓고, 천지에 가을 기운이 들며, 곡식이 익어간다고 했다.

날마다 행복하게

깻잎장아찌

들깨송이
부각

　깻송이에 찹쌀풀을 발라 베란다에서 애지중지 부각을 말리는 중이다. 옆집 어르신 내외분을 초대하기 위해서다. 옆집은 이곳으로 이사 와서 첫 번째로 사귄 이웃이다. 할머니께서는 아파트 좁은 통로에서 별의별 나물을 봄부터 가을까지 말리셨다. 이 가을에도 가지, 호박, 토란줄기, 야생버섯, 시래기까지 줄줄이다. 나물을 널어 놓은 모양만 봐도 살림 솜씨가 참 야무진 분이다. 그래서 출근할 때면 옆집을 기웃거리는 버릇까지 생겼다. 작년 이맘때 떡볶이 한 접시로 이사 턱을 했을 때 할머니께서는 가져간 그릇에 깻잎장아찌를 담아 주셨다.
　집에서 삼겹살을 구우며 할머니께 받아 온 깻잎장아찌를

깻잎

내놓았다. 애들이 맛있다고 난리가 났다. 친정 엄마가 만드는 깻잎장아찌는 단풍 깻잎으로 만드는데 이것은 생깻잎으로 만들어 들깨향이 진하고 상큼했다. 할머니의 깻잎장아찌를 한 수 배우기로하고 날을 잡아 우리 집으로 모셨다.

깻잎장아찌 비법은 맛간장 만들기에 있었다. 간장에 2배의 물을 섞고 각종 향신채를 듬뿍 넣어 2시간가량 달인다. 간장물이 달여지는 사이에 깻잎을 차곡차곡 10장씩 실로 묶었다. 달인 간장에 유자청을 한 국자 넣고 휘휘 저어 섞어준다. 유자청이 들어간 양념장은 상상해본 적이 없는 궁합이다. 깻잎 위에 간장물을 붓고 무거운 돌로 눌러주기만 하면 된다. 단풍깻잎장아찌처럼 켜켜에 양념을 바르지 않으니 너무 편했다. 다시 2시간 정도 깻잎의 숨이 죽기를 기다렸다가 반찬통에 담았다.

깻잎장아찌

- 녹색 깻잎을 준비하여 흐르는 물에 씻어 물기를 뺀다.
- 10장씩 실로 묶어 준비한다.
- 진간장에 2배의 물을 섞고 대추, 마른고추, 건표고, 감초, 마늘, 생강 등을
  넣어 2시간 달여 맛간장을 만든다.
- 맛간장에 유자청을 섞는다.
- 깻잎 위에 간장 물을 부어 준다.
- 깻잎 숨이 죽으면 반찬통에 담아 냉장고에 보관한다.
- 3일 후에 간장물을 따라내서 끓인 후 식혀서 다시 붓는다.

두 분만 사시면 적적하지 않으시냐고 여쭈니 바빠서 심심할 틈이 없다고 하신다. 아침밥만 먹으면 할아버지는 텃밭에 가서 채소를 가꾸시고 할머니는 할아버지가 수확해 온 채소로 음식을 만든단다. 만든 음식은 노인정에 나누어 주기도 하고 자식들에게도 보내준다고 했다. 나이 들어도 매일 행복하게 살 수 있는 것은 농사짓는 재미에 빠진 할아버지와 음식 만드는 것을 좋아하는 할머니가 함께 살기 때문이란다.

칠십이 넘으신 어르신들이 에너지가 넘쳐 보인다.《황제내경黃帝內經》에 음식을 절도 있게 먹어야 노쇠를 방지할 수 있다고 했다. 장수하는 어르신들의 공통점은 특별한 건강 음식을 챙겨 먹기보다 평소 과식하지 않고 정해진 시간에 먹는다는 것이다.

할머니께서는 들깻송이부각 만드는 방법도 가르쳐주셨다. 고소한 깻송이부각을 만들기 위해서는 깻송이를 제때 채취해야 한다. 깨가 완전히 여물기 전에 꽃대만 잘라서 만들어야 하는데 알이 깨가 박힌 송이로 만들어야 맛이 고소하기 때문이다. 찹쌀풀을 투명하게 쑤어 한 김 나가게 두었다가 깻송이를 하나씩 잡고 풀에 적셔 넓게 깐 비닐 위에 놓는다. 찹쌀풀이 흐르니 조금이라도 굳게 잠시 두는 것이다. 부각은 햇살과 바람이 좋은 가을에 만들어 겨울에 기름에 튀겨 반찬이나 안주로 하는 음식이다.

들깻송이부각

• 들깻송이가 누렇게 여물기 전에 딴다.

• 찹쌀풀은 찹쌀가루 1, 물 4의 비율로 섞어 투명하게 쑨다.

• 찹쌀풀에 간장과 참기름을 약간 넣어 간한다.

• 깻송이를 찹쌀풀에 담갔다가 꺼내어 채반에서 말린다.

• 바싹 마른 깻송이는 비닐봉투에 넣어 공기가 통하지 않게 보관한다.

• 먹기 직전에 튀긴다.

《동의보감東醫寶鑑》에 보면 들깨의 효능은 참 많다. 우선 몸을 덥게 하고 독을 없애고 기를 내리게 한다. 기침과 갈증을 그치게 하고 간을 윤택하게 해 속을 보한다. 그리고 정수, 즉 골수를 메워준다고 했다. 들깻잎은 비타민과 칼슘 외에 철의 공급원이기도 하다. 엽록소를 많이 함유하고 있는데 이 초록색 엽록소가 항산화작용과 항암작용을 한다.

깻잎장아찌가 맛이 들고 들깻송이부각이 말랐다. 조만간 옆집 어르신 내외를 집으로 모셔 할머니께 배운 솜씨를 선보여야겠다. 그날은 고기를 구워 깻잎장아찌를 곁들이고 들깻송이부각은 술안주로 낼 것이다.

고구마 전국시대

고구마생채

고구마맛탕

장갑을 끼고 호미를 들고 비범한 결심이라도 한 듯 고구마 잎이 바다처럼 넘실거리는 밭으로 들어갔다. 먼저 고구마 넝쿨을 한쪽으로 걷고 호미로 땅을 파기 시작했다. 땅속에서 붉은 고구마가 보였다. 나는 아이처럼 기뻐하며 고구마를 캤다. 하지만 수확의 기쁨도 잠시 허리가 뻐근하고 어깨도 아파왔다. 이걸 언제 다 캐나 걱정을 하고 있는데 할아버지의 경운기가 밭으로 들어왔다. 쟁기를 단 경운기가 지나가자 고구마가 겉으로 쑥쑥 나왔다. 고구마를 주워 박스에 담기만 하면 되니 땅을 파는 것보다 훨씬 수월했다.

고구마는 따뜻한 남쪽에서 많이 나는 작물이지만 지금은 충청도도 명품고구마로 유명세를 떨치고 있다. 충주 산척면, 보은 탄부면에 이어 새로 합류한 곳은 청주 내수읍이다. 이창열 어머니는 올해도 고구마 농사를 6천 평이나 지었다고 한다.

요즘은 고구마 전국시대다. 맛도 종류도 다양해졌다. 밤처럼 폭신한 밤고구마, 수분이 많아 한겨울에 구우면 더 달아지는 물고구마, 속이 노랗고 단맛이 나는 호박고구마, 거기다 천연 안토시아닌 색소가 듬뿍 들어 있는 자색고구마까지 나왔다.

기온이 떨어지면 몸이 오그라들고 장기도 위축된다. 대장大腸도 기온의 변화에 영향을 받아 운동 기능이 떨어진다. 그래서 환절기나 겨울철에 변비가 걸리기 쉽다. 이럴 땐 장의 운동을 도와줄 식이섬유소 섭취가 절대적으로 필요하다.

고구마에 들어 있는 식이섬유소는 장의 움직임을 촉진시켜 변비를 예방하고, 콜레스테롤을 몸 밖으로 배출시켜 혈압을 낮추고, 음식의 소화관 통과 시간을 단축시켜 노폐물과 발암물질을 배출시킨다. 또한 젖산균의 생육을 도와 장을 건강하게 한다. 고구마의 비타민 C는 전분질에 둘러싸여 가열해도 거의 손실되지 않는다는 장점이 있다. 고구마 껍질에 들어 있는 안토시아닌 색소는 활성 산소를 제거하여 각종 암을 예방하는 효과도 있다. 반면 단백질 함량이 적기 때문에 우유나 치즈를 함께 먹는 것이 좋다. 당뇨병 환자나 위가 약한 사람은 한꺼번에 많은 양을 먹지 않는 것이 좋다.

이창열 어머니 댁에서는 고구마생채를 즐긴다고 한다. 고구마생채는 물이 많고 몸이 연한 물고구마가 좋다. 물고구마는 껍질 색이 흐린 분홍색으로 대체적으로 크기가 크다. 고구마를 씻을 때는 스폰지로 살살 문질러서 흠집이 나지 않게 해야 한다.

고구마생채가 뚝딱 완성되었다. 단맛이 감도는 고구마생채는 애들도 잘 먹는 반찬이라고 한다. 무생채를 싫어하는 아이들도 고구마생채는 잘 먹을 것 같다.

고구마생채

- 고구마를 채칼로 썰어 소금으로 뒤적뒤적 간을 한다.
- 고구마가 부드럽게 절여지면 매실청과 식초, 약간의 설탕, 깨소금, 다진 마늘로 양념하여 무친다.

이어서 고구마맛탕을 만들었다. 먼저 고구마 껍질을 벗기고 숭숭 썰어 물에 잠시 담가 전분을 빼준다. 기름솥에 고구마를 넣고 중불에서 노릇노릇해질 때까지 튀긴다. 10분 정도 지났을까? 시간이 꽤 흐른 후에야 고구마가 노랗게 익었다. 여기에 집에서 손수 만든 조청을 묻히고 마지막에 통깨를 솔솔 뿌렸다. 윤기가 자르르 흐르는 고구마맛탕은 보기에도 군침이 돌았다.

고구마를 캐느라 허기가 졌는지 체면을 차리는 것도 잊고 자꾸만 고구마맛탕을 입으로 가져갔다. 달콤한 조청에 고소한 깨까지 씹히니 가히 꿀맛이다. 학교에서 돌아온 손주들이 할머니를 부르며 집 안으로 들어왔다. 할머니는 금방 만든 고구마맛탕 한 접시와 우유를 간식으로 내놓았다. 아이들이 조용해졌다. 잠시 후 갑자기 시끄러운 소리가 들렸다. 마지막 남은 고구마맛탕 한 개를 누가 먹을 것인가로 시비가 붙었다.

수확한 고구마를 집 안에 들여놓으니 왠지 모르게 든든하다. 겨우내 쪄 먹고 구워 먹고 때로는 생채도 만들고 맛탕을 만들어 먹을 생각을 하니 벌써부터 겨울이 달달하다.

고구마맛탕

처서 處暑

처서가 지나면 모기도 입이 비뚤어진다

'처서가 지나면 모기도 입이 비뚤어진다'는 속담을 증명이라도 하듯 파리나 모기는 많이 사라지고 가을의 전령사, 귀뚜라미가 울기 시작한다. 처서가 지나면 뜨거운 햇볕도 한 풀 꺾여 더 이상 풀이 자라지 않으므로 논두렁의 풀을 깎고 산소를 찾아 벌초를 한다. 또한 여름 내 눅눅해진 옷과 책을 꺼내 말리는데 음지에서 말리면 '음건', 햇볕에 말리면 '포쇄'라고 했다.

처서 무렵 햇볕이 강해야 오곡이 풍년

한편 '처서 밑에는 까마귀 대가리가 벗어진다'는 속담도 있는데 마지막 더위는 까마귀의 대가리가 타서 벗겨질 만큼 매우 심하다는 뜻이다. '처서에 장벼 패듯한다'는 속담도 있다. 처서 무렵 벼의 성장이 왕성함을 비유하는 말이다.
오곡이 마지막 결실을 맺는 처서 무렵은 햇볕이 강하고 날씨가 쾌청해야 수확량이 는다. 이 시기에 비가 내리면 '십 리에 천 석 감한다', '처서에 비가 오면 큰 애기들이 울고 간다'고 하며 흉년이 들 것을 걱정했다.

여름 내 산성화된 체질을 중화시켜주는 음식

처서 무렵에는 '과일의 여왕'이라 불리는 향긋한 복숭아가 최고의 맛을 자랑한다. 알칼리성 식품인 복숭아는 여름 내 산성화된 체질을 중화하고 피로회복을 돕는다. 애호박을 듬뿍 썰어 넣은 칼국수도 별미다.

가을

15 백로 白露

하얗게 맺힌 이슬이 반짝이고
만곡이 익어가는 절기, 백로

양력 9월 6일, 7일경. 밤에는 기온이 내려가 대기 중의 수증기가 엉켜서 하얗게 이슬이 맺히는 절기다. 이른 아침 고추며 애호박 등 아침거리를 따러 밭으로 나가면 흰 이슬 맺힌 풀잎이 발목을 감싼다. 아침 해가 떠오르기 전 고추 잎사귀에도 투명한 이슬이 매달려 반짝거린다. 아직 낮 기온은 한여름 기온과 다름없지만 아침저녁 느껴지는 기온은 가을이 맞다.

엣사람들은 백로에는 기러기가 날아오고, 제비가 강남으로 돌아가며, 새들도 먹이를 저장한다고 했다

포도가 익어가는 계절에

포도즙

포도즙
탕수

　"내 고향 구월은 포도가 익어가는 시절이에요" 하면서 포도를 따는 허영임 씨를 만났다. 포도의 고장 영동에 사는 허영임 씨는 포도 사랑이 유별난 분으로 포도 요리 개발도 많이 하신 분이다. 사실 나는 포도를 좋아하지 않는다. 맛은 정말 좋지만 씨를 발라내는 일이 귀찮아서다. 나와 정반대로 친정어머니는 과일 중 포도를 가장 좋아하신다. 그래서 해마다 영동 포도를 선물하곤 했는데 어느 해에는 맛있다고 하시고 어느 해에는 맛이 없다고 하시니 포도를 살 때마다 여간 신경 쓰이는 게 아니다.

　허 여사님께 맛있는 포도 고르는 방법을 여쭤자 포도송이

포도즙

포도

의 모양은 역삼각형으로 생기고 알이 촘촘한 것보다 적당히 달린 것이 단맛이 좋다고 하셨다. 그리고 포도 맛을 볼 때는 송이 끝에 달린 것을 따서 맛을 봐야 전체 포도의 맛을 알 수 있다고 했다. 지금껏 나는 무조건 크고 알이 촘촘히 박힌 것을 골랐으니 포도 선택을 잘못한 것이었다. 회장님 덕분에 올해는 맛있는 포도를 어머니께 선물할 수 있을 것 같다.

포도는 예로부터 효도 과일로 알려져 있다. 블랙 푸드Black food 가운데 포도는 안토시아닌Anthocyanin과 레스베라트롤Resveratrol 성분이 다량 포함돼 있다. 이 성분들은 항산화, 항암, 항궤양 등에 효과가 있을 뿐만 아니라 체내 활성산소를 중화시켜 노화를 예방하는 데 도움이 된다. 포도는 포도당, 과당 등

당분을 많이 함유하고 있어 피로회복에 좋고, 각종 비타민이 풍부해 신진대사를 원활하게 한다. 특히 중장년층이 포도를 섭취하게 되면 신경세포를 만드는 신경효소의 활동을 촉진해 알츠하이머나 파킨슨 등 퇴행성 질환을 예방하는 데 좋다.

《조선왕조실록朝鮮王朝實錄》에 보면 태조가 목이 마를 적에 포도 한두 개를 먹어가며 병세를 회복했다는 기록이 있다. 30여 년을 용맹한 장수로 지내던 태조가 왕위에 오르며 구중궁궐에 갇혀 지내게 되었고 자식들은 왕위 계승을 둘러싸고 '왕자의 난'까지 일으키니 갑갑하고 답답한 마음에 속열이 생겼을 가능성이 크다. 보통 갈증을 일으키는 원인을 화火와 열熱 증상으로 본다. 실제 체내 수분이 부족한 경우에는 물을 마셔 수분을 보충해주면 되지만 진액이 부족해진 경우는 물을 마셔도 별로 도움이 되지 않는다. 그때는 화를 가라앉히고 진액을 보충해줘야 갈증이 해소된다. 따라서 가슴이 답답하여 속 열이 생기고 갈증이 나는 사람은 포도와 같이 진액을 보충해주는 음식을 섭취하는 것이 좋다.

포도즙 만드는 방법은 다음과 같다. 포도알을 하나씩 따서 큰 냄비에 담고 가열하기 전 손으로 주물러 포도 껍질을 터트린다. 이렇게 해야 색이 예쁘고 포도의 과육이 잘 빠진다고 한다. 물은 한 방울도 섞지 않고 으깬 포도만 불에 올렸다. 향긋한 포도향이 사방으로 퍼지면서 포도 국물도 흥건하게 생겨 부글부글 끓기 시작했다. "오래 끓이면 색이 탁해지니까 절대 오래 끓이지 말아요!" 하고 주의를 주신다. 신기하게도 포도 속살은 흔적도 없이 사라지고 꽃분홍색 순수 100% 포도즙이 만들어졌다.

가을 햇살아래 풍요와 다산을 상징하는 포도로 만든 음식이 화려하게 차려졌다. 포도의 신맛과 달콤한 맛을 그대로 간직한 포도즙탕수는 튀긴 표고버섯의 맛을 한결 높여주었다. 보라색 진액이 응축된 포도즙을 한 잔 마시니 피곤함이 사라지고 생기가 돌았다. 친정어머니께 보낼 잘 익은 포도를 한 상자 골라 집으로 돌아왔다.

포도즙탕수

- 표고버섯을 4등분한 다음 간장, 참기름, 액젓으로 밑간한다.
- 전분을 입혀 바삭하게 두 번 튀긴다.
- 단호박, 파프리카, 대파도 물녹말을 입혀 튀긴다.
- 100% 포도즙에 소금, 약간의 설탕과 식초를 넣어 끓인다.
- 전분 물을 넣고 투명하게 될 때까지 끓인다.
- 튀겨진 표고버섯을 접시에 담는다.
- 파프리카, 대파, 단호박 튀김도 가장자리에 돌려 담는다.
- 포도즙 소스를 끼얹는다.

속을 살찌우는 밤

밤송편

율란

제자가 집에서 농사지은 것이라며 찐밤을 내밀었다. 벌써 햇밤이 나왔구나 하면서 달력을 보니 추석이 다가오고 있었다.

몇 해 전 추석 무렵 학교로 상자 하나가 배달되어 왔다. 그 상자는 꽤나 무겁고 컸다. 누가 보낸 것일까? 궁금한 마음에 상자를 열었다. 상자 안에는 윤기가 반짝이는 튼실한 알밤과 편지 한 통이 들어 있었다.

편지의 주인공은 '밤톨이'였다. 학교를 졸업한 후 호텔요리 사로 취직을 했고 착한 아가씨를 만나 결혼도 했으며 얼마 전에는 레스토랑도 오픈했다는 내용이었다. 교수님께 인사가 늦어 죄송하다며 추석 선물로 밤을 보낸다는 내용이었다.

대학에서 교수 생활을 막 시작했을 때 만난 그는 야무진 외모에 공부도 열심히 하고 내 말도 잘 따르는 기특한 학생이었다. 그해 스승의 날에는 감사 메시지가 적힌 카드를 나에게 건네주기도 했다. 간단한 감사 글이었지만 가르치는 보람이 이런 것이구나 싶어서 큰 감동을 받았다. 이후로 나는 그에게 '밤톨이'라는 별명을 지어주고 볼 때마다 그렇게 불렀는데, 놀리기 위한 것이 아니라 의미가 담긴 애칭이다.

우선은 외모가 깎아 놓은 밤처럼 반듯하게 생겼다. 또 폐백을 드릴 때 며느리에게 밤을 던져 삼정승이 되는 훌륭한 자손을 낳기를 바라듯, 나도 제자가 훌륭한 인물이 되길 바랐다. 밤은 껍질이 오랫동안 썩지 않아 근본을 잃지 않는 효도의 과일이라는 해석도 있고 무엇보다 밤은 과일 중 으뜸으로 꼽힐 만큼 사람에게 이로우니 사회를 위해 봉사하는 사람이 되라는 뜻도 담았다. 밤톨이가 사회에서 자리를 잘 잡은 걸 보면 좋은 이름을 지어 부르면 이름대로 된다고 하듯 별명도 의미 있게 지어 부르면 별명값을 하는 모양이다.

《동의보감東醫寶鑑》에는 밤을 율자栗子라 부르는데 "성질은 따뜻하고 맛은 짜며 기운을 돋운다고 나온다. 위장을 튼튼하게 하고, 신장腎臟의 기운을 높여 정력을 보강해주고, 배가 고픈 것을 견딜 수 있게 한다"고 기록하고 있다. 《본초강목本草綱目》에는 "신장의 기운이 떨어져 허리와 다리가 약해져 걷기가 불편한 노인이 밤을 먹으면 걸음을 잘 걷게 된다. 율피栗皮 밤 속껍질를 꿀에 개어 바르면 피부가 수축되어 주름살이 펴지고, 밤송이를 달여서 마시면 위암, 당뇨, 코피가 나는 것을 치료한다"고 했다.

율란은 밤을 삶을 때 물기가 없이 삶아야 한다. 그래야 밤 모양을 빚을 때 밤 모양이 잘나온다. 밤을 으깨어 꿀과 계핏가루를 조금 넣고 밤 모양으로 만든다.

그해 나는 제자가 보낸 밤 덕분에 풍성한 한가위를 보냈다. 밤소를 넣은 밤송편과 율란栗卵을 빚어 추석 차례상을 차렸고 밤을 듬뿍 넣은 갈비찜을 넉넉하게 만들어 손님상에도 냈다. 음식을 낼 때마다 제자 밤톨이 자랑도 빼놓지 않았다.

올해는 《반찬등속》에 기록되어 있는 송편 모양을 흉내내서 세 손가락 자리가 완연하게 나는 송편을 빚으며 밤톨이를 생각했다.

밤송편

- 밤은 껍질을 까서 한꺼번에 물이 자작할 정도로 넣고 충분히 익힌다.

- 물을 따라 버리고 뜨거울 때 소금 간을 한 다음 수저로 으깬다.

- 꿀을 약간 넣어 덩어리지게 만든 다음 은행알만 한 크기로 빚는다.

- 송편 반죽을 탁구공만 하게 떼어 빚은 밤소를 하나씩 넣는다.

- 손으로 꼭꼭 오므려 조개모양으로 만든 다음 세 손가락 자국이 나게 빚는다.

- 송편 속이 투명하게 비칠 때까지 찐다.

- 다 쪄진 송편에 참기름을 바른다.

율란

- 큰 밤을 골라 껍질째 푹 삶는다.
- 작은 숟가락으로 속을 파낸 후 체에 내린다.
- 꿀과 계핏가루를 넣어 반죽하여 한 덩어리로 만든다.
- 밤 반죽을 만든 후 조금씩 떼어내 원래 밤 모양으로 빚어서 잣가루를
  묻힌다.

백로白露

만곡백과가 익어가는 계절

하늘은 높고 맑고 쾌청한 날씨가 이어지며 논에서는 벼이삭이 익고, 밭에서는 고추며 참깨, 들깨와 과일 등 만곡백과가 익어간다.

'백로 안에 벼 안 팬 집에는 가지도 마라', '백로 아침에 팬 벼는 먹고 저녁에 팬 벼는 못 먹는다'는 속담이 있다. 백로인 9월 초순까지 이삭이 패지 않은 벼는 먹기 힘들다는 뜻으로 백로가 한 해의 벼농사를 결정짓는 중요한 시기라는 것을 알 수 있다.

반보기, 농한기 여자들의 휴가

좋은 가을 날씨가 이어져 벼가 잘 여물기만을 기다리면 된다. 추수 전까지는 잠시 일손이 한가해진다. 이 무렵 농사짓고 밥하느라 바빴던 옛날 여자들에게는 일종의 휴가가 주어졌다. 맛있는 음식을 싸들고 비로소 친정나들이를 갈 수 있었는데 친정이 멀면 다 가지 못하고 중간지점에서 친정어머니와 만나는 '반보기'를 했다. '두 집의 중간 위치에서 만나본다'는 뜻과 '하루해의 절반나절만 만난다'는 의미로 쓰인다. 장만해 온 음식을 나눠 먹으며 하루를 즐기고 돌아서야 했던 그때 그 시절 여인들의 애틋한 마음이 전해지는 풍속이다.

포도순절, 포도가 제철

백로에서 추석까지 시절을 '포도순절葡萄旬節'이라 부른다. 백로에서 추석까지는 포도가 제철이라 가장 맛있을 때라는 의미가 담겼다. 포도가 주렁주렁 열린 모습은 '다산'과 '풍요'를 상징한다. 조선시대 백자에 유독 포도문양이 많은 것도 이 같은 이유에서다. 따라서 그해 첫 수확한 포도는 먼저 사당에 올려 고하고 맏며느리가 한 송이를 통째 먹는 풍습도 있었다. 옛 풍습은 사라졌지만 백로에는 제철 과일 포도의 맛과 향을 음미해보자.

가을

16
추분 秋分

추분이 되어야 가을!

양력 9월 23일경. 낮과 밤의 길이가 같은 날이다. 추분이 지나면
낮의 길이가 점점 짧아지고, 밤의 길이가 길어진다. 여름이 가고
가을로 접어든 것을 실감하는 절기다.
옛사람들은 추분이 되면 우레 소리가 비로소 그치게 되고, 동면
할 벌레가 흙으로 창을 막으며, 땅 위의 물이 마르기 시작한다고
했다.

가을 산의 천연 면역증강제

자연산
버섯전골

　지난 여름, 영화 〈엘리제궁의 요리사〉를 보고 크게 감동 받
았다. 요리는 자연의 맛에 사람의 정성을 더하는 과정이라는
것을 여실히 보여주었기 때문이다. 프랑스의 작은 시골마을에
서 송로버섯 농장을 운영하던 라보리는 어느날 갑자기 찾아온
낯선 사람에게서 프랑스 대통령의 개인 요리사가 되어줄 것을
요청받고 엘리제궁에 입성하게 된다. 나이 많은 대통령은 격
식을 갖춘 정통 요리보다 라보리가 만든 가정식 요리를 좋아
했다. 요리에 관심이 많은 대통령은 식재료를 통해 고향을 추
억하며 자연의 맛에 위로받게 된다. 요리사 라보리가 가장 심
혈을 기울인 것은 신선한 재료를 구하는 일이었다. 신선한 재

료를 구하기 위해 시장으로 직접 뛰어가는 것은 물론이고 갓 채취한 송로버섯을 특급 기차로 배송받기도 한다. 라보리는 대통령을 위해 정성스럽게 음식을 만들었고 추억도 공유하게 된다. 그러면 그럴수록 기존 요리사들 사이에서 시기와 질투의 대상이 되었다. 결국 그녀는 까다로운 식재료 구매 방식과 송로버섯 구매 비용이 과하다는 이유로 해고되고 만다.

프랑스에 송로버섯이 있다면 한국에는 송이버섯이 있다. 가을산은 야생버섯의 천국이다. 오늘은 영동에 있는 민주지산으로 자연산 버섯을 채취하러 가는 날이다. 이른 새벽, 마을 이장님의 안내에 따라 한 무리의 사람들이 산에 올랐다. 과연 오늘은 어떤 버섯들을 만나게 될지 설렜다. 산 입구부터 눅눅한 습기가 느껴졌다. 야생버섯을 따러 가는 길은 편하게 닦인 등산로는 무용지물이다. 자연산 버섯이 면역력을 기르는 데 탁월한 효능이 있다는 것이 알려지면서 사람들의 발길이 쉽게 닿지 않는 높고 깊은 산속으로 들어가야 버섯을 만날 수 있게 됐다. 한참을 올라가니 병풍처럼 늘어서 있는 묵직한 바위가 눈앞을 막아섰다. 이장님은 경험상 이런 곳에 버섯이 있으니 바위 주위를 살펴보라고 하셨다. 버섯을 찾을 수 있다는 기대감에 지쳐 있던 발걸음이 갑자기 빨라졌다. 산속에 숨겨둔 보물을 찾기라도 하듯 사람들의 몸짓에서 흥분이 느껴졌다. 그러나 야생버섯은 쉽게 눈에 띄지 않았다. 버섯 찾기를 포기하고 돌아설 무렵 누군가 바위 아래에서 고개를 살짝 내밀고 있는 능이버섯 한 송이를 발견했다. 달려가 보니 주변에 숨겨진 능이버섯도 보였다. 산속을 헤매느라 기진맥진해 있던 몸의 피로가 한순간에 날아갔다.

허기진 배에서 꼬르륵꼬르륵 소리가 났다. 산에 오르면 흔한 간식도 특식이 된다. 초코파이 한 쪽이 아쉽고 김밥 한 줄이 모자랐다. 허전한 배는 산에서 캔 자연산 더덕으로 채웠다. 이장님은 송이는 한 달만 채취할 수 있기 때문에 버섯이 나는 철에는 하루도 쉬지 않고 산에 오른다고 했다.

잠시 쉰 우리는 이장님을 따라 다시 산에 올랐다. 오르고 또 올라 소나무 숲에 닿았다. 송이는 솔잎과 같은 진한 향을 품고 있어 솔향을 따라가면 찾을 수 있다고 했다. 송이버섯은 솔잎이 깔린 상태에서 소나무의 정기를 받아 자라기 때문에 땅에서 5cm 이상 솔잎이 덮여 있는 곳에서 잘 자란다. 가까스로 찾은 송이는 쉬어버렸다. 한 발 늦은 것이다. 송이는 땅에서 올라온 후 3일 이내에 채취해야 한다. 맛도 가격도 최고인 송이는 사람에게 쉽게 모습을 보이지 않았다. 그때 누군가 산 아래에서 "대물이야!" 하고 소릴 질렀다. 내 심장도 두근거렸다. 겹겹이 쌓인 솔잎 아래 송이가 살짝 얼굴을 보이고 있었다. 송이는 금값이다. 보통 길이가 8cm 이상 되고 갓이 피지 않아야 상품 가치가 있다. 이장님은 내년을 기약하며 버섯을 캔 자리의 땅을 손으로 꾹꾹 눌러주었다.

높은 산에는 어둠도 일찍 내린다. 서둘러 산에서 내려왔다. 들마루에 앉아 가방 속의 버섯을 꺼냈다. 이장님이 알려주는 대로 보라색은 가지버섯, 싸리빗자루 모양은 싸리버섯, 노란 색은 꾀꼬리버섯, 갈색은 밤버섯이라고 이름을 따라 부르며 버섯 공부를 했다. 버섯의 종류는 수없이 많지만 먹을 수 있는 버섯은 100가지 정도다. 잘못 먹었다간 목숨을 잃을 수도 있 으니 의심 가는 것은 절대 욕심을 내면 안 된다고 했다. 송이 는 신문에 싸서 냉장고에, 능이는 냉동고에 넣어 보관한다. 잡 버섯은 끓는 물에 데쳐서 소금을 뿌려 눌러놓아야 한다. 싸리 버섯은 독성이 강해 이틀 정도 우려낸 후에 먹어야 안전하다. 민주지산 아래에서 자연산 버섯 음식점을 운영하는 이들에게 는 이렇게 한철 준비한 버섯이 일 년치 재산이 된다.

청학동식당을 운영하고 있는 최은주 사장님께서 자연산 버 섯전골을 끓여주셨다. 그녀는 이곳에서 자연산 버섯 식당을 오랫동안 운영해 오고 있다.

자연산 버섯전골 요리를 먹으니 영화 속 엘리제궁에서 송 로버섯 요리를 먹던 프랑스 미테랑 대통령도 부럽지 않다.

자연산
버섯전골

• 능이버섯은 흙을 털어내고 끓는 물에 삶아 찢는다.

• 국물은 면보에 거른다.

• 잡버섯도 소금물에 삶아 물에 2시간 담근다.

• 쇠고기는 얄팍하게 썰어 핏물을 뺀다.

• 전골냄비 바닥에 고기를 깐다.

• 손질한 자연산 버섯을 올리고 삶은 능이버섯 국물을 붓는다.

• 반달로 썬 호박과 어슷하게 썬 대파를 올린다.

• 전골이 끓기 시작하면 송이버섯을 넣어 살짝 익힌다.

서리가 내리기 전에

고추장아찌

애기고추찜

풋고추
된장무침

　가을이다. 노란색, 자주색 국화가 활짝 피었다. 어디에 숨었다가 이제서야 피었는지! 한 송이 국화꽃을 피우기 위해 봄부터 소쩍새가 울고, 여름에는 천둥이 먹구름 속에 울고 비로소 무서리가 내리는 가을날 노란 꽃잎이 피어난 것이라는 서정주 시인의 〈국화 옆에서〉가 저절로 읊어진다. 하지만 생자필멸生者必滅이라고 생명이 있는 것은 멸하는 것이 자연의 이치다. 서리가 내려앉은 국화꽃은 더욱 아름다움을 발한다. 하지만 무서리가 내리면 농작물은 그 생명력을 잃고 만다. 서리가 내리기 전에 끝물 고추를 따기 위해 음성으로 향했다.

　윤복희 님은 고향을 지독히 사랑하는 남편 탓에 음성군 소이면으로 귀향했다고 한다. 뜨락에는 신새벽에 텃밭에서 수확한 호박과 가지, 고추가 즐비하고 토마토가 한가득이다.

"쟤네들은 서리 한 방에 훅 가버리니까 서둘러 갈무리해야 해요!"

그녀는 짧은 가을이 지나면 곧 추운 겨울이 닥친다는 것을 경험으로 알고 있었다.

올해는 텃밭에 토종 고추 500포기를 심고 가꾸었다는데 고추밭에도 알록달록 가을이 드리워져 있었다. 지난 여름 폭염으로 다들 농사가 잘 안 되었다고 하는데 윤복희 씨 댁은 토종 고추를 심어 풍년이 들었다고 한다. 오늘은 마지막으로 남은 고추를 모두 따는 날이다.

토종 고추는 매운맛 속에 단맛을 감추고 있다. 그래서 맵기만 한 서양의 고추와는 확연히 맛이 다르다. 한국 음식에서 고추는 음식 맛을 좌우하는 매력적인 양념이다. 오랜 세월 밥상을 지켜온 비결은 그 탁월한 효능 때문이기도 하다. 고추의 매운 맛인 캡사이신은 혈액순환을 도와주고 면역력을 높여준다. 요즘 같은 환절기에는 감기가 쉽게 걸리는데 고추가 들어간 얼큰한 음식을 먹으면 몸이 따뜻해져 혈액순환이 잘되고 면역력도 높아진다.

윤복희 님을 따라 텃밭에 들어가 남은 고추를 모조리 땄다.

풋고추

건고추

한나절 수확한 고추를 들마루에 펴놓고 쓰임새별로 분류했다. 빨갛게 익은 것은 김장용으로 건조기에 말리고, 약이 올라 탱탱한 고추는 장아찌용으로, 애기고추는 반찬감으로 가렸다.

먼저 탱탱하게 약이 오른 고추를 깨끗이 씻어 물기를 빼고 양념이 잘 스며들도록 포크로 구멍을 냈다. 구멍을 낼 때는 위치가 중요하다. 구멍을 잘못 뚫으면 귀한 손님 셔츠에 간장 국물이 튈 수도 있기 때문이다. 국물이 나오면 입안으로 들어가게 고추 끝에 구멍을 뚫어야 한다. 특별한 레시피랄 것도 없이 설탕 한 대접, 물 한 대접, 식초와 간장도 똑같이 한 대접씩 같은 비율로 맞춰 녹인 다음 고추가 담긴 통에 붓기만 하면 된다. 이 댁에서는 간장 물을 끓이지 않고 장아찌를 담기 때문에 숙성 시간이 3개월이나 걸리지만 1년을 두고 먹을

수 있다고 한다. 급하게 먹을 것이라면 간장물을 끓여서 뜨거
울 때 부으면 된다.

애기고추는 꼭지를 떼고 밀가루가 든 비닐봉지에 넣어 이리
저리 흔들어준다. 그 다음 김이 오른 찜솥에 밀가루 옷이 하얗
게 묻은 고추를 넣고 불을 세게 올린다. 고추 익는 냄새가 구수
하게 나면서 밀가루가 말갛게 익는다. 이것을 그대로 말리면
고추부각이 되고 즉석에서 무치면 고추찜이 되는 것이다. 찐
고추를 발에 펴서 바람이 잘 통하고 햇볕이 잘 드는 곳에 놓아
말렸다. 일부는 양념장에 무쳐 저녁 반찬으로 만들었다.

애기고추찜

• 애기고추를 골라 꼭지를 딴 다음 씻는다.
• 비닐팩에 밀가루를 넣고 물기가 묻은 고추를 넣고 흔든다.
• 김이 오른 찜통에 밀가루 묻힌 고추를 넣고 찐다.
• 밀가루가 투명하게 익으면 꺼낸다.
• 간장과 액젓을 섞고 다진 파와 마늘, 고춧가루, 깨소금도 듬뿍 넣어 양념장
  을 만든다.
• 찐 고추를 양념장에 무친다.

풋고추된장무침은 맵지 않은 고추를 골라 숭덩숭덩 썬다. 집 된장에 다진 마늘, 매실액, 참기름을 섞어 양념장을 만든다. 이 양념장에 고추를 넣어 무치면 고추무침이 완성된다. 구수한 된장 양념 속에서 느껴지는 풋고추의 맛이 싱싱하다.

윤복희 님과 저녁 밥상을 마주하고 앉았다. 풋내가 솔솔나는 애기고추찜은 언제 먹어도 맛있지만 오늘은 특별히 더 맛이 좋았다. 고추장아찌는 입맛 없을 때 한번씩 먹으면 입맛이 살아난다. 고추부각은 기름에 튀겨 소금을 살짝 뿌리면 남편 맥주 안주가 되고 설탕을 뿌리면 딸내미 간식이 된다. 그녀는 다가올 겨울을 준비하기에 가을이 너무 짧다면서 해야 할 일이 줄줄이 기다리고 있다고 했다.

"봄보다 가을이 더 바쁜 것 같아요."

그래도 오늘 한 가지 일을 덜었다면서 웃는다. 멀리서 귀뚜라미 울음소리가 들려오는 가을밤이다.

추분秋分

본격적인 추수철

가을걷이가 시작되는 본격적인 추수철이다. 벼를 수확하기 위해 논바닥의 물을 빼고 추석을 앞두고 잘 익은 과실을 수확한다. 콩과 고구마, 땅콩이나 들깨를 일찍 심었다면 수확을 서둘러야 한다. 붉은 고추는 익는 대로 따주어야 다음 고추가 잘 자란다. 가을무와 배추에는 웃거름을 주는 시기고 마늘은 9월 하순부터 파종을 한다. 호박고지, 박고지, 깻잎, 고구마순을 만들고 산채도 거두어 말려둔다. 사과와 배, 구기자와 오미자도 익은 정도에 따라 수확을 하는 시기다.

노인성에 제사를 지내다

추분의 대표적인 세시풍속으로는 가을걷이와 노인성제老人星祭가 있다. 가을걷이는 말 그대로 추분에 다 여문 곡식을 추수하는 것이고 노인성제는 인간의 수명을 관장한다고 여기는 노인성에 제사를 지내는 풍습이다. 국가 차원에서는 세상이 평안해지고 왕이 장수하게 하는 별이라고 믿기도 했다. 노인성은 용골자리에 있는 카노푸스Canopus를 가리키는 별로 밤하늘에서 시리우스 다음으로 밝은 별이다.

'더위도 추분까지'

'더위도 추분까지', '추분이 지나면 우렛소리가 멈추고 벌레가 숨는다'는 기후에 관한 속담이 전한다.

가을걷이로 먹을거리가 풍족할 때

한 해 농사의 본격적인 수확기인 추분은 먹을거리가 풍족한 때다. 그중에서도 가을 산에서 나는 '자연산 버섯'이 가장 맛있다. 싸리버섯, 참나무버섯, 송이버섯은 영양학적으로도 우수할 뿐 아니라 맛과 향과 식감도 고기를 능가한다. 꼭 자연산 버섯이 아니어도 충분하다. 요즘은 1년 사철 구할 수 있는 표고버섯, 느타리버섯, 팽이버섯, 양송이버섯도 가을철 대표 먹거리다.

가을

17
한로 寒露

자고 나면 찬이슬이 맺히는 한로

24절기의 열일곱 번째 절기로 양력 10월 8일경이다.
옛사람들은 한로에는 기러기가 초대를 받은 듯 모여들고, 참
새가 줄고 조개가 나돌며, 국화가 노랗게 핀다고 했다.

달달한 온기 품은 호박

호박죽

호박찰떡

어릴 적 나는 먹성 좋은 아이였다. 정확히 말해 아무리 아파도 밥을 굶은 적이 없고 주는 음식은 남기는 법이 없이 싹싹 비웠다. 적어도 음식 때문에 부모님 속을 썩인 적은 없이 컸다.

그렇게 비위가 튼튼한 내가 성인이 될 때까지 먹지 않았던 유일한 음식이 호박죽이다. 혀에서 느껴지는 물컹한 느낌과 특유의 냄새가 그냥 싫었다. 그래서 호박죽을 자주 끓이는 겨울도 싫었다.

첫애를 출산하고 친정어머니께서 몸의 붓기를 빼는 데는 늙은호박이 최고라며 호박즙을 내려주셨다. 엄마의 정성을 생각해 맛이라도 봐야겠다고 한 모금 마셔보니 달달한 것이 먹을 만했다. 어릴 적 기억 속의 호박 맛이 아니었다. 이후로 호박죽도 먹게 되었고 이제는 늦가을이 되면 늙은호박을 여러 덩이 집 안에 들여놓고 겨우내 먹는다.

"늙은호박이 장식품으로 훌륭하네요" 하면서 아이들이 집 안으로 들어선다. 객지에서 공부하느라 집에 자주 못 오니 달라진 집안 분위기를 금방 알아챈다. 그러면서 어릴 적 호박죽은 엄마가 먹으라고 해서 억지로 먹었는데 집을 떠나 있으니 가끔은 호박죽이 생각난다고 했다. 나를 닮아서일까? 아들도 어릴 적에 호박죽을 싫어했다. 그래서 끓이는 방법을 변형했다. 늙은호박과 단호박을 반반 섞고 양파에 우유, 밤, 호두를 더하고 꿀까지 섞었다. 호박수프에 가까운 호박죽을 만들었던 것이다. 아들은 새롭게 만든 호박죽을 곧잘 먹었다.

남편이 해달라고 하면 귀찮아 못 해준다고 했겠지만 아들이 먹고 싶다고 하니 신이 나서 부엌으로 간다. 누렇게 잘 익은 호박을 골라 꼭지 쪽에 육각형으로 잘라 뚜껑을 도려내고 적당한 크기로 잘라 안에 있는 씨와 속을 파냈다. 깨끗이 속을 파낸 늙은호박을 감자 칼로 껍질을 벗겼다. 노란 속살을 듬성 듬성 잘라 압력솥에 넣고 푹 삶았다.

호박죽

- 양파를 채썰어 프라이팬에 올리브 오일을 두르고 타지 않게 볶는다.
- 푹 익은 늙은호박을 믹서에 곱게 간다.
- 양파와 잣, 밤도 섞어 함께 간다.
- 우유를 넣고 소금으로 간해 한 번 더 끓이면 호박죽이 완성된다.
- 꿀은 먹을 때 기호에 따라 섞는다.

　　늙은호박은 비타민과 미네랄, 식이섬유가 풍부할 뿐만 아
니라 소화 흡수가 잘되어 겨울철 영양제 역할을 톡톡히 한다.
수분과 칼륨이 이뇨작용과 해독작용에 뛰어나 산모에게 좋은
것은 물론이다. 게다가 노란색의 베타카로틴은 항암작용을 하

호박고지

늙은호박

는 성분으로 인체의 면역력을 증가시켜 감기나 비염, 편도염
등 염증 질환을 예방하는 효과가 있다.

겨울 동안 잘 먹인 아이는 이듬해 봄에 부쩍 자란다. 성장
관련 호르몬은 신장의 기운에서 나오는데 겨울에는 신장의
기능이 약해지기 쉽다. 그러니 오행 중 水의 기운을 채우는
것이 성장 발달에 중요하다. 수의 기운을 간직한 식재료는 밤,
호두, 잣과 같은 씨앗류와 검은콩, 버섯, 오골계와 같은 검은
색 음식이다. 호박죽을 부지런히 만들어 먹인 덕일까? 우리
아들의 키는 185cm이다.

몸에 좋은 것들은 쉽게 상한다. 늙은호박도 마찬가지다. 호

박을 통째로 보관하면 곰팡이가 피고 물이 나온다. 이렇게 되면 상한 것이다. 시원하고 바람이 잘 통하는 곳에 둬야 한다. 자리를 자꾸 옮겨도 잘 썩게 된다. 한 번에 다 먹기에 너무 크다 싶으면 껍질을 벗겨 말려 호박고지를 만들거나 아예 삶아서 먹을 만큼씩 나눠 냉동실에 보관하면 오랫동안 먹을 수 있다.

아들과 달리 딸은 호박을 좋아한다. 그중에서도 호박찰떡을 가장 좋아한다. 냉동실에 있던 찹쌀가루와 울타리콩, 서리태, 밤, 대추, 호박고지를 꺼냈다.

윤기가 자르르 흐르는 떡이 완성되었다. 딸내미가 뜨거운 떡을 떼어 맛을 보더니 얼굴 가득 흡족한 미소를 띠며 엄지척을 한다.

"엄마, 떡 싸줘."

친구들에게도 호박찰떡 맛을 보여주고 싶단다.

오랜만에 집에서 음식 냄새가 나고 사람 소리로 시끌벅적하다. 음식을 만드느라 집 안은 난장판이 되었지만 온기가 돈다. 가족이 모여 호박죽 한 그릇을 나누고 호박떡도 먹었다. 가족이 모여 살아야 추위도 덜 탄다는데 다가오는 겨울에는 모여 살 수 있을까?

호박찰떡

- 냉동 찹쌀가루가 녹는 동안 울타리콩과 서리태를 삶는다.
- 압력솥에 물 2컵 넣고 설탕 반 컵 섞어서 콩을 삶는다.
- 밤은 4등분하고 대추는 씨를 빼서 자른다.
- 호박고지는 물에 살짝 불려 황설탕을 뿌려둔다.
- 녹은 찹쌀가루에 물을 뿌려 체에 내린다.
- 준비한 울타리 콩, 서리태, 밤, 대추, 호박고지를 찹쌀가루에 섞는다.
- 김이 오른 찜통에 젖은 면보를 깔고 설탕을 뿌린다.
- 섞은 재료를 성글게 놓고 30분 찐다.

가을은 추어의 계절

추어탕

지인들과 만나는 자리, 아침부터 콧물이 흐르더니 어깨가
쑤시고 목도 아파왔다. 금방이라도 몸살이 날 것 같은 기분이
들었다. 아무래도 오늘은 추어탕을 먹어야 할 것 같다. 지인에
게 추어탕 잘하는 집을 소개해달라고 했더니 얼마 전 추어탕
집에서 중국산 미꾸라지를 사용하여 국내산으로 속여 판매한
다는 뉴스가 보도되었다고 했다. 그러면서 요즘 믿을 만한 추
어탕 집 찾기가 어렵다는 것이다. 아쉽기도 하고 씁쓸하기도
했다.

마침 오후에 요리하는 사람들 모임에 나가서 이 말을 하게
됐다. 한쪽에서 가만히 듣고 계시던 한정숙 사장님이 "추어탕

미꾸라지

은 내가 잘 끓이는데" 하며 끓이는 방법을 소개하셨다. 그녀는 마치 실타래를 풀듯 추어탕 끓이는 과정을 술술 풀어냈다. 이야기만 듣고 있어도 그녀가 추어탕 끓이는 모습이 그려졌다. 그 추어탕을 먹을 수만 있다면 몸살도 달아날 것 같았다. 입맛만 다시며 이야기를 듣던 회원들이 이구동성으로 추어탕을 한 솥 끓여달라고 한 사장님을 조르기 시작했다.

평소 고기를 즐기지 않는 나는 몸살 낌새가 보이면 단백질 식품을 먹어 영양을 보충한다. 면역물질을 만드는 재료가 되는 것이 단백질인데 평소 고기 섭취량이 적으니 영양이 부족할 수도 있다는 생각이 들기 때문이다. 한겨울보다 추위가 시작되는 이맘때가 기온차로 인하여 건강관리하기가 더 힘들다. 미꾸라지를 푹 고아 만든 추어탕은 몸을 따뜻하게 해주고 소화도 잘되며 체력증진에도 도움을 주는 가을철 보양식의 대표주자다.

영어교사 출신인 한정숙 사장님은 오창에서 식당을 운영하신다. 음식 만드는 것을 좋아해서 조리사 자격증을 땄고 장류제조사와 식품가공기능사 자격증까지 취득했다. 그리고 배운 대로 청국장을 직접 띄우고 해마다 장을 담고 각종 효소도 만든다. 그리고 철철이 산과 들에서 채취한 나물로 밑반찬을 만든다.

한 사장님 댁에 모인 회원들은 육거리 시장에서 직접 구해온 국내산 미꾸라지부터 구경했다. 논에서 길렀다는 미꾸라지는 몸길이가 짧고 몸이 통통하고 배는 노랬다. 늦가을 겨울잠을 자러 땅속으로 들어가기 전에 잡은 미꾸라지가 가장 영양이 많다고 했다. 꿈틀거리는 미꾸라지 위에 굵은 소금을 한 움큼 뿌리자 서로 몸을 비비고 난리가 났다. 고무장갑을 낀 손으로 벅벅 문지른 다음 물로 씻었다. 연거푸 세 번을 반복하니 미꾸라지 몸이 뽀드득해졌다. 이렇게 깨끗하게 씻어야 흙냄새가 나지 않고 비린내도 없단다. 손질을 마친 미꾸라지는 가마솥에서 뭉그러지게 푹 삶았다. 삶은 미꾸라지는 믹서에 갈아서 체에 밭쳐 뼈를 가려낸다. 한눈에 보기에도 진한 국물이 만들어졌다. 이 국물을 냉동실에 얼려두면 채소만 넣어 금방 추어탕을 끓일 수 있는 비상 보양식이 된다고 했다.

추어탕 끓이는 방법은 지역마다 다르다. 영남의 추어탕은 미꾸라지를 갈아서 사용하고 된장 국물을 육수로, 배추 우거지나 속대를 넣는다. 산초로 비린내를 제거한다. 맛이 간결하고 매운 맛이 강하지 않은 것이 특징이다. 이와 반대로 호남의 추어탕은 내용물이 화려하다. 육개장같이 토란대나 고사리를 넣기도 한다. 한 사장님은 전라도가 고향이라 준비한 속 재료도 푸짐했다.

뜨끈한 추어탕이 차려졌다. 한 사장님의 인심만큼이나 양도 푸짐하다. 함께 간 일행은 은행이 들어간 밥 한 사발과 금방 끓인 추어탕을 한 그릇씩 비웠다. 콧소리가 절로 나왔다. 속이 훈훈해지고 기운이 솟는 것 같다. 감기는 밥상 아래로 숨는다고 했던가? 아침에 느낀 감기 몸살 기운은 흔적도 없이 사라졌다. 우리 몸은 빛의 속도보다 더 빠르게 먹은 음식에 반응하는 것 같다.

우리 일행은 하나같이 "가을엔 추어탕이 보약"이라며 한 사장님 덕분에 추어탕 만드는 방법까지 제대로 배웠다고 칭찬을 아끼지 않았다.

오늘 만든 특급 추어탕 맛의 비법을 분석해보았다. 첫째는 국내산 미꾸라지를 사용한 것으로 미꾸라지는 국내산과 중국산을 구분하기 어렵기 때문에 믿을 만한 곳에서 구매해야 한다. 둘째는 미꾸라지를 굵은 소금으로 뽀드득하게 씻은 것으로 몸에 붙어 있는 물때를 제거하여 특유의 민물생선 냄새를 없앤 것이다. 셋째는 가마솥에서 뼈가 물러질 정도로 삶은 것으로, 가마솥은 뚜껑이 무거워 압력솥과 같은 효과가 난다. 넷째는 생들깨와 쇠고기를 넣어 구수한 맛과 감칠맛을 더한 것이다. 다섯째는 부재료로 얼갈이배추와 대파를 삶아서 사용했기 때문에 국물과 부드럽게 어우러지게 한 것이다.

추어탕

- 삶은 미꾸라지는 믹서에 간 다음 체에 받쳐 뼈를 제거한다.
- 얼갈이배추와 대파는 끓는 물에 데쳐서 물기를 꼭 짜고 듬성듬성 자른다.
- 생들깨는 일어서 돌을 골라내고 믹서에 간 다음 체에 받친다.
- 들깨 간 것을 솥에 넣고 넉넉하게 물을 잡은 다음 된장을 살짝 풀고 쫑쫑 썬 쇠고기를 넣고 끓인다. (갈아놓은 고기를 사용하면 국물이 텁텁해진다.)
- 어느 정도 끓으면 준비한 미꾸라지 국물과 얼갈이배추, 대파, 들깻잎을 넣는다.
- 양념으로 마늘도 듬뿍 넣고 조선간장으로 간을 하여 한소끔 더 끓인다.
- 마지막에 불린 쌀을 갈아 넣고 걸쭉하게 농도를 맞춘다.

한로寒露

찬 이슬이 내리고 나면 서리가 온다

'무서리 세 번에 된서리 온다'고 그 전에 추수를 끝내야 하므로 수확하는 일손이
바쁠 때다. 콩, 팥, 벼, 들깨, 고구마 수확을 서둘러야 한다. 고추, 오이, 가지, 호박
도 거둬들이고 이듬해 파종할 씨앗도 갈무리해두어야 한다. 한로 무렵에는 내년
봄에 수확할 밀과 보리도 심는다.

'고양이 손도 아쉽다'

'가을 곡식은 찬 이슬에 영근다', '한로 상강에 겉보리 파종한다' 같은 기후 변화와
농사에 관한 속담이 주를 이룬다. 이밖에도 철새의 이동이 관찰되는 시기라 '한로
가 지나면 제비는 강남 가고 기러기는 북에서 온다'는 속담도 있다.

미꾸라지, 추어의 계절

벼를 수확하기 전 논물을 빼면 미꾸라지들이 땅속으로 들어가기 시작한다. 겨울
잠을 준비하는 것인데 이때 잡은 미꾸라지는 추어鰍漁로 불린다. 미꾸라지를 고아
제철 채소를 넣고 양념을 풀어 끓인 추어탕은 가을철 으뜸 보양식으로 손꼽는다.
또 다른 제철 음식으로는 호박과 대추, 새우와 게장, 홍합 등이 있다.

가을

18
상강 霜降

서리霜가 내리기降 시작하는 상강

24절기의 열여덟 번째 절기, 양력 10월 23일, 24일경이다. 낮에는 맑고 상쾌한 날씨가 계속되며 밤에는 기운이 뚝 떨어지면서 서리가 내리기 시작한다. 이런 일교차가 큰 날씨에 이슬이 많이 맺히고 밤 동안에 얼기 쉽다. 특히 수증기가 지표면으로 오면서 얼어 '서리 맞는다'고 표현한다. 쌀쌀한 날씨 속에서도 가을꽃의 대명사 국화가 활짝 피는 시기로 전국에서 국화 축제가 성행한다.

옛사람들은 상강에는 승냥이가 산짐승을 잡고, 초목이 누렇게 되며, 동면冬眠하는 벌레가 모두 땅에 숨는다고 했다.

인삼과도 바꾸지 않는 가을무

석박지

무굴밥

척박한 환경에서 자란 식재료는 맛있다. 어려움을 극복하고 성취를 이룬 사람의 이야기는 감동적이다. 이 둘을 합치면 얼마나 맛있고 재미있는 이야기가 될까?

코스모스가 핀 길을 지나 누런 들판을 달렸다. 산들은 벌써 가을 옷으로 갈아입었다. 오늘은 바쁜 일상에 쉼표를 찍고 잠시 맛있고 감동적인 이야기가 있는 곳으로 가는 길이다. 고개를 돌고 돌아 산을 오르니 어느새 산 정상에 닿았다. 해발 1200m, 강원도 평창군 청옥산 꼭대기다. 발아래로 하늘이 보이고 구름이 옆구리로 지나간다. 푸른 언덕이 끝없이 펼쳐져 있다. 이곳은 유기농협회 이해극 회장님이 꿈을 현실로 이룬

육백마지기농장이다.

올해 나이 68세, 그는 단명하는 집안 내력에도 불구하고 "나는 꿈을 꾸기에 오래 산다"고 말한다. 그의 꿈은 오로지 유기농으로 농사를 지을 수 있다는 것과 농사만 지어도 부자로 살 수 있다는 것을 세상 사람들에게 보여주는 것이다. 그 꿈을 이루기 위해 30년 전 화전민이 떠난 이곳으로 들어왔다. 그는 호밀로 땅의 힘을 기르고 잡초와 농작물이 공생하는 농법으로 여름 소나기에도 땅이 쓸려 내려가지 않게 만들었다. 누구나 좋은 것은 알아보는 법, 그가 재배한 무와 배추는 최고의 대접을 받으며 백화점으로 팔려 나갔다. 없어서 못 팔 정도로 인기가 많은 상품이 되었으니 꿈은 이루어졌고 부자도 되었다.

무

내가 찾아갔을 때는 이미 무 수확을 끝내고 산 아래서 올라온 지인들과 대박 난 무 농사를 축하하고 있었다. 그가 얼마나 고생했는지 뼛속까지 공감하는 친구들이 모였다. 회장님이 칼로 무를 스윽 잘라 내미신다. 씹을 때마다 사아악 사아악 소리를 내며 달큰한 물이 입안에 가득 고였다. 이 세상에서 맛본 최고의 무 맛이다. 무는 보통 90일 만에 수확하는데 이곳에서는 120일이 걸린다. 무가 척박한 환경에 적응해 자라는 동안 속이 꽉 채워져 육질이 단단하고 맛이 좋아진다고 했다. 축하연을 마치고 집으로 돌아가려는데 이해극 회장님이 무를 한 포대씩 차마다 실어주셨다.

"사람은 기가 살아야 햐. 이 무수를 먹으면 기가 살아날껴."

이해극 회장님께서 얼마나 고생하면서 기른 무인지를 알기에 마음이 겸손해졌다. 무엇을 만들지 궁리하다가 나도 석박지를 담아 지인들과 나누기로 했다.

석박지

재료 무 썰은 것 12kg, 쪽파 1단, 대파 5뿌리, 사과 10개

양념 마늘 350g, 홍고추 250g, 생강 70g, 진찹쌀밥 1kg, 고춧가루 350g,
황석어액젓 2컵, 새우젓 ½컵, 매실청 3컵, 천일염 500g

• 무를 한입 크기로 먹기 좋게 자른다.

• 썰어놓은 무에 천일염을 뿌려 30분 절인다.

• 마늘, 홍고추, 생강, 찹쌀밥을 합하여 믹서에 간다.

• 믹서에 간 양념에 고춧가루, 황석어액젓, 새우젓을 섞는다.

• 절인 무에서 나온 물을 빼고 양념에 버무린다.

• 사과와 쪽파 썬 것을 넣어 섞는다.

• 실온에서 하루 동안 두었다가 냉장고에 넣는다.

무굴밥

재료 무1개, 굴 200g, 쌀 3컵, 들기름

양념장 간장, 고춧가루, 깨소금, 마늘 다진 것, 파 다진 것, 참기름

• 멥쌀을 30분 정도 불린다.

• 무를 굵게 채썬다.

• 굴은 소금물에 씻어 준비한다.

• 솥에 쌀을 안치고 들기름을 한 수저 넣고 무를 넣어 밥을 짓는다.

• 뜸들이기 전에 굴을 올린다.

• 양념장을 만든다.

무를 채썰어 쌀에 올리고 밥짓기를 시작해 뜸들일 때 굴을 올려 무굴밥을 지었다. 양념장에 깨소금도 듬뿍 넣었다. 지인들이 차려진 밥상에 둘러앉았다. 무굴밥과 육백마지기농장 이야기가 맛있게 비벼져 입속으로 들어갔다. 나는 돌아가는 지인들의 차에 석박지 한 통씩 실어주었다. 진한 어둠이 내린 늦가을 하늘에는 초록별이 빛나고 있었다.

추수감사와 시루떡

온 세상이 사방에서 한꺼번에 부스럭거린다. 낙엽도 부스럭, 바람도 부스럭, 힘을 잃은 것 같은 태양빛도 부스럭거린다. 세상의 기운이 사라진 것처럼 공허한 소리만 요란하다. 그 많던 생기는 어디로 가버렸을까? 연두색, 청록색의 나무와 태양빛 아래에 형형색색으로 자태를 뽐내던 꽃들은 다 어디로 간 걸까? 창문 밖으로 보이는 늦가을 풍경에 빠져 있는데 '드르륵' 핸드폰 문자 알림 소리가 날아든다. 도예 작가 이숙인 선생님께서 떡 먹으러 오라는 문자를 보내셨다.

'옥천요' 이숙인 선생님은 칠십 평생을 도예 작가로 사셨다. 그것도 여자로써는 힘들다는 장작가마를 고집하면서 말이다.

섬세한 솜씨로 빚은 작품은 많은 이들로부터 사랑받고 있다. 나에게 선생님은 일하는 여성으로서의 고민을 상담해주시는 인생의 어른이자, 음식과 그릇이야기를 나누는 친구이기도 하다.

퇴근 후 대청호가 내려다보이는 언덕에 위치한 옥천요를 찾았다. 도착하니 마당에서 손님을 배웅하는 선생님의 모습이 보였다. 아무래도 예사로운 날이 아닌 듯했다. 전시실에서 도자기 작품을 감상하고 있노라니 선생님께서 떡을 내오셨다. 눈치 없이 온 것 일까?

"선생님, 오늘이 무슨 날인데 초대하셨어요?"

"떡을 나눈다는 핑계로 보고 싶은 사람 부른 거예요."

별일 아니라는 듯 대답하며 웃으신다. 알고 보니 시월상달 떡 나누기였다. 작년에는 건강이 좋지 못해 어쩔 수 없이 그냥 넘어갔더니 너무 서운하시더란다. 그래서 올해는 맘먹고 준비하셨다고 한다. 예로부터 시월상달은 농부가 추수를 끝내고 하늘에 감사의 제를 지내는 우리 민족의 가을 풍속이다.

선생님은 충남 천안이 고향인데 부모님 모두 종가집이라 어려서부터 종갓집 문화에서 자랐다고 한다. 선생님 댁에는 집안의 대소사로 항상 손님이 북적였는데 그중에서도 가을에 지내는 시월상달 고사는 동네사람들과 함께 즐기는 잔치였다고 한다. 상달고사는 떡을 만들어 풍년에 감사하고 농사 짓느라 수고한 농부를 위로하는 의미가 담겨 있다. 그래서 본인도 떡을 만들어 지인들과 나누는 것으로 그 의미를 지켜오고 계신단다.

내가 먼저이고 나만 잘되면 최고인 세상에서 모든 공을 주위 분들의 덕으로 돌리는 선생님, 그러기에 부처님 같은 마음으로 세상 사람들을 위한 그릇을 만드시는지도 모르겠다.

나는 순식간에 떡 접시를 비웠다. 그것도 순서를 지켜가면서 말이다. 먼저 떡 한 조각을 입에 넣고 그 다음은 물김치를 떠서 넣었다. 이렇게 먹으니 떡이 심심하지 않고 목도 메이지 않아 술술 넘어갔다. 젓가락과 숟가락질을 몇 차례 번갈아 하니 속이 든든하게 채워졌다. 떡 먹을 요량으로 점심을 대충 때운 탓도 있지만 떡 맛이 입맛을 자꾸만 당겼다.

"난 옛날 사람이라 떡이 단 게 싫어서 집에서 재료를 준비해서 떡집에 보내요."

이렇게 말씀하시는 이숙인 선생님의 팥 시루떡은 멥쌀과 찹쌀의 비율을 5:5로 섞는다. 그래야 떡이 찰지고 부서지지 않는다고 한다. 팥고물도 삶아 소금으로만 간해야 고유의 맛이 살아난다고 하신다.

어쩐지 맛이 다르다. 내 관심은 다시 보랏빛 사이로 하얀 고물이 보이는 떡으로 쏠렸다. 생전 처음 보는 떡인데 색도 곱고 맛도 고소했다. 땅콩흑미찰편이라고 하신다.

팥시루떡

쌀가루 만들기

- 멥쌀과 찹쌀을 깨끗이 씻어서 6시간 불린다.
- 불린 쌀의 물기를 뺀 후 빻는다.

팥고물 만들기

- 팥을 깨끗이 씻어 물을 부어 한소끔 끓인 뒤 물을 따라 버리고 다시 물을 부어 끓인다.
- 팥이 푹 무르면 물을 따라내고 타지 않도록 지켜보면서 뜸을 들인 후 소금을 넣어 빻는다.
- 시루에 팥고물을 깔고 쌀가루를 한켜 올리고 팥고물을 뿌린다.
- 반복적으로 켜를 만들어 안친다.
- 김이 오르면 20분 찌고 10분 뜸들인다.
- 한 김 나가면 떡을 썬다.

땅콩흑미찰편

땅콩고물 만들기

• 땅콩은 겉껍질을 제거한 후 바람이 잘 통하는 곳에 두어 말린다.

• 방앗간에서 타서 물에 담가 분홍색 속껍질을 불린다.

• 손으로 벅벅 문질러 껍질을 벗겨 씻는다.

• 뽀얗게 땅콩 살이 준비되면 찜통에 쪄서 기계에 갈아 녹두고물처럼 만든다.

쌀가루 만들기

• 찰흑미를 물에 24시간 충분히 불린 다음 물기를 뺀다.

• 소금을 섞고 기계에 2번 내린다.

안쳐 찌기

• 시루에 땅콩고물을 먼저 뿌리고 쌀가루로 켜를 안친다.

• 위에 땅콩고물을 얹는다.

• 김이 오르면 20분 찌고 10분 뜸들인다.

웃고, 화내고, 우울해하고, 생각하고, 슬프고, 공포를 느끼고, 놀라는 인간의 칠정七情도 병의 원인이 된다. 희노우사비공경喜怒憂思悲恐驚은 어떤 사람도 느낄 수 있는 감정이지만 과하면 병을 일으킨다. 그중에 노희사비공怒喜思悲恐은 오장인 간심비폐신肝心脾肺腎을 상하게 한다. 과도하게 화를 내는 상황이 오래 지속되면 간을 상하고, 지나치게 슬프면 폐가 손상된다고 본다. 이렇게 나타나는 병을 내상칠정內傷七情이라고 한다. 이런 마음의 병을 현대의학은 스트레스라고 부르는데 스트레스는 만병의 근원으로 심각하면 암까지 걸리게 한다. 부족하면 부족한 대로 세상 모든 일에 감사하는 습관을 가지는 게 몸과 마음의 건강을 지키는 최고의 보약이다.

우리는 떡을 나누면서 올 한 해 동안 감사한 일들을 이야기했다. 힘들고 어려운 시간도 있었지만 그래도 감사가 넘친다. 삶의 하루하루는 힘들지만 그래도 인생은 아름답다는 결론에 이르렀다.

상강霜降

가을걷이를 마무리하는 때

서리가 내리기 때문에 정성껏 키운 농작물이 서리를 맞지 않도록 추수하는 손길이 바쁜 시기다. 벼를 베고 난 후 가을보리를 심기도 하고 탐스럽게 열린 밤과 감도 수확한다. 봄부터 바빴던 농사일이 상강을 기점으로 가을걷이가 마무리되며 끝이 난다.

한 해 김치 맛은 상강에 달려 있다

'한로, 상강에 겉보리 간다(파종한다)'는 속담은 북부 산간지방에서 보리 동해(凍害)를 예방하기 위해 늦어도 상강 전에는 파종을 마쳐야 한다는 뜻이다. 적절한 농사시기의 중요성을 강조한 말이다.

'한 해 김치 맛은 상강에 달려 있다'는 상강에 서리를 맞은 배추와 무는 수분이 많아져 아삭거리는 식감이 좋아지기 때문에 생겨난 이야기다. '상강 90일 두고 모심어도 잡곡보다 낫다'는 식량 사정이 어려웠던 옛날, 벼농사를 중요시한 것을 알 수 있는 속담이다.

늦가을 국화는 약

상강에는 중양절과 마찬가지로 국화가 절정이다. 따라서 국화를 이용한 음식을 즐겼다고 한다. 향과 약성이 모두 강한 국화로 국화주를 담고 국화전을 부쳐 늦가을 정취를 느껴보자.

겨울.

입동 즈음에는 산야에 나뭇잎은 떨어지고 풀들은 말라간다.
배추가 얼기 전에 배추를 절여 김장을 하고 몸을 따뜻하게 해줄 차를 만들었다.
첫눈이 내리기 전에 마지막으로 고들빼기를 캐서
밑반찬을 만들고 메주를 쑤고 담북장을 띄운다.
어둠의 시간이 절정에 달하는 동지에는 동지팥죽을 쑤고, 메밀묵도 만들었다.
길고긴 겨울이 지루하다고 느껴질 때쯤이면 겨울 속의 봄은 이미 와 있었다.

겨울

겨울의 길목, 입동

24절기의 열아홉 번째 절기. 양력 11월 7일, 8일경이다. 태양의 황
경黃經이 '겨울冬에 들어선다立'고 하여 입동이라 부른다. 입동 무렵
이면 해가 짧아져 겨울을 맞을 채비를 해야 한다. 동물들은 겨울잠
에 들어가고, 풀과 나무는 성장을 멈추고 잎을 떨군다.
엣사람들은 입동에는 물이 비로소 얼고, 땅이 처음으로 얼어붙기
시작하며, 꿩이 자취를 감추어 드물어진다고 했다.

사찰의 김장

사찰식
배추김치

사찰식
백김치

문밖으로 나서니 코끝에 스치는 바람이 쩅하다. 슬금슬금 겨울이 찾아들었다. 오는 겨울을 막아설 수 없는 일, 순응하는 것이 현명할 것이다. 그래서 동물들은 겨울잠을 청하고 사람들은 긴 겨울나기를 위해 김장을 한다.

올해는 색다르게 사찰식 김장을 담고 싶어 지견스님을 찾아갔다. 청주 월명사 주지를 맡고 계신 지견스님은 사찰음식의 대가로 신도들에게는 물론 방송 프로그램을 통해 일반인에게도 사찰음식을 보급하는 일에 앞장서고 계신다. 김장은 지역과 재료, 담그는 방법에 따라 집집마다 다른 맛을 낸다. 전통적으로 오신채마늘, 파, 부추, 달래, 흥거를 사용하지 않는 사찰의 김장은 어떻게 맛을 낼까 궁금했다.

지견스님은 재료 고르는 법부터 가르쳐주셨다. 김장배추는 크고 속이 꽉 찬 것보다 조금 작아도 돌배추같이 똘똘한 배추가 좋고, 무는 중간 정도 크기에 무겁고 녹색이 전체 크기의 1/3 정도 되는 것이 좋다고 한다. 배추를 반으로 잘라 보니 속이 노랗고 고갱이 맛도 고소하고 달큰했다. 김장에서 가장 중요한 것은 배추 절이기라고 하신다. 배추통이 실한 것은 4등분 내고 작은 것은 2등분 했다. 소금물을 먼저 풀어 배추를 소금물에 적신 후 그 위에 소금을 한 줌씩 얹었다. 큰 통에 배추를 꽉 채우고 그 위에 큰 고무대야를 올려놓고 물을 붓는 것이었다. 처음 보는 배추 절이는 방법이 신기해서 왜 이렇게 하시는지 여쭈었다. 그랬더니 이렇게 무거운 것으로 눌러야 배추가 소금물에 잠겨 위아래로 골고루 잘 절여진다는 것이다. 보통 배추 절이는 시간은 8~10시간 걸리지만 제대로 잘 절여졌는지 확인하려면 배춧잎을 떼어내 반으로 접어 부드럽게 접혀지면 된다고 하셨다.

스님께서는 레시피만 의지해서는 최고의 음식을 만들 수 없다고 하신다. 특히나 김장은 눈으로 보고 만져보고 먹어봐서 오감으로 판단해야 실수가 없다고 한다. 그래서 김장김치 담글 때는 감각을 바짝 세우고 맛있게 되길 기원하는 마음으

배추

로 담가야 한다는 것이다.

　중국 명나라 때 이시진이 저술한《본초강목本草綱目》에는 배추가 막힌 위장을 뚫어 통하게 하고 술을 먹고 난 후의 갈증을 없애고 음식을 소화시키며 막힌 기운을 내려 장기를 치료하고 열이나 열로 인한 기침을 그치게 한다고 기록돼 있다. 또 우리나라에 전해져 오는 가장 오래된 의방서인《향약구급방鄕藥救急方》에는 숭, 숭채, 백숭, 백채 등으로도 불리는 배추가 채소가 아닌 약초로 기록돼 있다. 예부터 민간에서는 배추를 상비약으로 많이 활용했다. 화상을 입거나 생인손을 앓을 때는 배추를 데쳐서 상처 부위에 붙였다. 옻독이 올라 가렵고 괴로울 때는 배추의 흰 줄기를 찧어서 즙을 낸 다음 바르기도 했다.

배추의 푸른 잎에는 철분, 칼슘, 엽록소, 비타민 C가 많고 노란 고갱이엔 비타민 A가 풍부하다. 김치는 여러 양념이 발효·숙성되어 과일과 채소가 부족한 겨울철에 비타민과 무기질 공급은 물론이고 발효 과정에서 생성된 풍부한 유산균이 장의 운동을 돕는다. 배추의 비타민 C는 높은 열에도 쉽게 파괴되지 않는 특성이 있으니 국이나 찌개를 끓여도 좋다.

김치는 음양의 조화를 이루는 음식이다. 배추는 하늘을 향해 자라는 대표적인 잎채소이고 무는 땅속으로 자라는 뿌리채소의 대표격이다. 배추와 무는 냉한 성질인데 여기에 고춧가루와 마늘, 생강을 써서 성질을 중화시킨다. 고춧가루를 쓰지 않는 백김치와 동치미는 냉한 기운을 그대로 간직하고 있어 시원하다. 사찰에서는 마늘과 파를 사용하지 않는 대신 열하고 매운맛이 나는 갓과 생강을 이용한다.

사찰 김장의 맛내기 비법이 궁금해 지견스님께 여쭈었더니 돌아온 대답이 이렇다.

"마늘 대신 호박풀을, 젓갈 대신 채수로 맛을 내는데 속가에서 담근 김치보다 한층 깊고 부드러운 맛이 나요."

사찰식
배추김치

· 마른 표고와 무를 먼저 끓이고 채수가 완성될 무렵 다시마를 넣고 불을 끈다.

· 누렇게 잘 익은 호박의 껍질을 벗기고 적당한 크기로 자른다.

· 가마솥에 약간의 물과 손질한 호박을 넣어 푹 끓인다.

· 호박 살이 흐물흐물하게 물러지면 주걱으로 으깬다.

· 찹쌀가루를 훌훌 뿌려 나무 주걱으로 섞어준다.

· 무는 굵게 채썬다.

· 채썬 무에 고춧가루를 섞어 버무리고 채수와 호박풀을 섞는다.

· 마지막에 찧은 생강을 섞는다.

· 절인 배춧잎 사이에 붉은 김치소를 쓱쓱 바른다.

백김치용 배추는 덜 절인 배추를 따로 골라내 사용한다. 소 양념을 만들 때 고춧가루 대신 고추씨를 많이 넣는 것이 포인트다. 백김치를 담가놓았을 때 배춧잎에 고추씨가 더덕더덕 붙을 정도로 듬뿍 넣는다. 김치통에 토막 낸 배를 깔고 버무린 백김치를 꼭꼭 눌러 담으면 끝이다. 국물은 따로 만들어 붓지 않고 그냥 그대로 놓아두면 맛이 들면서 배추에서 국물이 생긴단다. 이런 사찰의 백김치는 재료가 많이 들어가는 속가의 백김치와는 비교가 안 될 정도로 간단해서 좋았다.

속가에서 김장하는 날 돼지고기 수육이 필수라면 사찰에서는 두부라고 하셨다. 김이 모락모락 나는 찐 두부와 금방 담은 빨간 배추김치가 차려졌다. 두부에 김치만 먹었을 뿐인데 하나도 서운하지 않았다. 마늘과 파가 들어가지 않아도 맛이 좋았다. 아마도 채수와 호박풀의 위력인가 보다. 사찰의 김장은 자연스럽고 건강한 맛이 느껴져 정신을 맑게 하는 것 같다.

누군가는 먹기 위해 산다 하고 또 누군가는 살기 위해 먹는다고 한다. 그런데 지견스님은 음식을 바라보는 태도부터 다르셨다. 스님은 말씀하신다.

"사람은 자신이 먹는 것을 닮습니다. 음식을 먹는 일을 수행으로 삼을 수 있으면 좋겠어요."

사찰식
백김치

• 무채를 굵게 썰어 준비한다.

• 무채에 찹쌀풀과 빻은 생강, 고추씨와 갓을 섞고 소금으로 간을 맞춘다.

• 절인 배추에 소를 비비듯 채운다.

• 김치통에 배를 토막 내서 깔고 버무린 백김치를 위에 놓는다.

든든한 겨울나기

고들빼기
김치

무말랭이
무침

　누군가 어머니는 여인이 가질 수 있는 가장 크고 아름다운 이름이라고 했다. 여기 세상에서 가장 크고 아름다운 이름을 가진 강희화 어머니가 있다.

　강희화 어머니가 살고 있는 청주시 서원구 현도면을 찾았다. 어머니는 자식들에게 보낼 밑반찬을 챙기는 중이었다.

　"이건 깻잎장아찌, 이건 마늘종이야. 여름철에 담가두었던 건데 먹기 좋게 짠맛을 빼고 다시 양념에 무쳤어요."

　어머니는 객지에 나가 사는 자식들이 밥을 굶을까 늘 걱정이라며 김치며 밑반찬을 보내야 맘이 편하다고 하신다.

　어머니는 김장을 마치면 겨우내 두고 먹을 밑반찬 준비에

고들빼기

쉴 틈이 없다. 고들빼기를 캐러 가자고 하셨다. 문밖 추수가 끝난 들녘은 고추밭도 콩밭도 쓸쓸하기만 한데 어디서 고들빼기를 캔다는 말인지? 고들빼기가 어디에 있냐고 여쭈자 걱정 말고 따라오라고 하신다. 어머니가 멈춘 곳은 배추밭이다. 밭 가장자리에 서리 맞아 이파리가 시들어버린 고들빼기가 빼곡했다. 씨를 뿌려 가꾸었다는데 이맘때 캐서 이파리는 모두 따버리고 뿌리로만 고들빼기김치를 담근단다. 이파리까지 담가 오래 두면 색이 검게 변하고 질겨지기 때문이라고 했다. 장갑을 끼고 호미질을 하니 땅속에서 고들빼기 뿌리가 술술 나왔다. 소쿠리 가득 고들빼기를 캐서 집으로 돌아왔다.

고들빼기를 한 뿌리씩 잡고 잎을 잘라내고 잔뿌리를 떼어냈다. 흐르는 물에 고들빼기를 씻다가 한 가닥 잘라서 맛을 보니 쓴맛이 장난이 아니다. 이 쓴맛은 하루나 이틀 정도 물에 담가두고 4~5번 물을 갈아주면 적당한 쓴맛이 남게 된다. 물

에 오래 담가두면 특유의 쌉싸름한 맛까지 모두 빠져 밋밋해
지니 쓴맛을 빼는 데도 요령이 필요하다.

고들빼기김치

• 고들빼기는 잎을 떼고 잔뿌리를 제거한 다음 깨끗이 씻는다.

• 고들빼기를 물에 담가 4-5번 물을 갈아주며 쓴맛을 뺀다.

• 찹쌀과 물을 1:5비율로 하여 죽을 쑨다.

• 찹쌀죽을 믹서에 간 다음 고춧가루, 마늘, 멸치액젓, 간장, 조청을 섞는다.

• 쓴맛을 적당히 뺀 고들빼기를 넣고 잘 버무린다.

• 통깨를 듬뿍 뿌려 반찬통에 담는다.

고들빼기가 준비되면 양념을 만들어야 한다. 가장 먼저 찹쌀죽을 쑤어 찬바람에 식혔다. 찹쌀풀에 양념을 고루 섞어 뿌리로만 담는 고들빼기김치를 담갔다.

서리 맞은 고들빼기는 뿌리에 영양이 풍부하다. 쌉쌀한 맛과 독특한 향이 좋다. 한방에서 고들빼기는 열을 내리고, 독을 풀고, 고름을 삭히고, 상처가 부은 것을 가라앉히고, 위를 튼튼하게 하여 소화기능을 좋게 한다고 했다.

강희화 어머님이 자랑하는 두 번째 밑반찬은 무말랭이무침이다. 말려둔 무말랭이와 고춧잎을 물에 불려 채반에 건졌다. 무말랭이의 비법은 흰콩을 달인 콩물에 있었다. 흰콩을 두어 시간 삶으니 끈적끈적하고 노란 콩물이 되었다.

"이 콩물에 양념을 섞어 무치면 설탕이 필요 없어."

적당히 불린 무말랭이와 고춧잎을 섞어 조물조물 무쳤다. 그리고 참깨도 듬뿍 뿌려 무말랭이무침을 완성했다.

무는 매우면서도 단맛이 있어 기를 완만하게 흩어주어 기침을 멈추게 하고 가래를 삭혀준다. 햇볕에 말린 무말랭이는 비타민 D가 많아 뼈를 튼튼하게 하고 우울증 치료에도 한몫한다.

무말랭이무침

• 가을무를 썰어 햇볕에 말려 무말랭이를 만든다.

• 30분 정도 미지근한 물에 담갔다가 씻어 물기를 꼭 짠다.

• 고춧잎도 물에 씻어 건진다.

• 흰콩을 2시간 정도 삶아 콩물을 만든다.

• 콩물에 고춧가루, 간장, 다진 마늘, 생강즙을 섞어 양념장을 만든다.

• 적당히 불린 무말랭이와 고춧잎을 넣어 조물조물 무친다.

• 마지막에 통깨를 듬뿍 뿌려 완성한다.

어머니는 금방 만든 고들빼기김치와 무말랭이무침까지 포
장을 했다. 그리고 자녀들에게 전화를 걸어 당부도 잊지 않으
셨다.

"밥이 보약이여! 밥 잘 먹고 다녀라. 속이 비면 더 추운 법
이다!"

내 앞에도 밑반찬이 가득한 밥상이 차려졌다. 서리태콩이
드문드문 든 밥에 고들빼기김치 얹어서 한 입, 오도독오도독
씹히는 무말랭이도 한 입 먹으니 쓰고 달고 짭짤한 맛이 입맛
을 돋운다.

이 매력적인 맛에 빠지지 않을 사람이 있을까? 내일이면 어
머니의 사랑과 정성이 듬뿍 담긴 밑반찬이 객지에 나가 있는
아들이랑 딸에게도 전해지겠지. 그렇게 그들은 올 겨울도 든
든하게 날 수 있을 것이다.

입동立冬

월동 준비에 들어가다

농사가 끝나는 입동에는 거둬들인 곡식을 잘 보관하는 것도 큰일이다. 월동을 위해 김장을 담고 무청시래기와 무말랭이를 만든다.

입동 날 추우면 겨울이 춥고, 따뜻하면 겨울이 따뜻하다고 여겼다. '입동이 지나면 김장도 해야 한다'는 속담이 있다. 입동이 지나면 배추가 얼고 싱싱한 재료를 구하기가 어렵기 때문에 김장 시기를 알려주는 속담이다. '입동 전 보리씨에 흙먼지만 날려주소'라는 속담은 보리 파종은 늦어도 입동 전까지는 끝내야 한다는 의미를 담고 있다.

입동 무렵 농사점 치기

입동 무렵에 보리 잎, 갈 까마귀로 농사점을 치고, 날씨 점, 무 뿌리점을 치는 풍속이 여러 지역에서 전해온다. '입동보기'라고 해서 충청도 지역에서는 입동 전에 보리의 잎이 가위처럼 두 개가 나야 그 해 보리 풍년이 든다고 믿었으며 경남 밀양에서는 이맘 때 날아오는 갈 까마귀의 흰 뱃바닥이 보이면 이듬해 목화 농사가 잘 될 것이라고 믿어 하늘을 바라보기도 했다.

김장용 무를 수확할 때 뽑은 무의 뿌리가 길면 그 해 겨울이 춥고 무 뿌리가 짧으면 따뜻하다고 믿었다. 무도 추위를 견디기 위해 뿌리를 길게 내릴 것이라 보았던 것이다.

추수감사절에 해당하는 절기, 입동

수확이 끝나면 조상께 감사하는 제사를 지낸다. 농가에서는 입동을 전후하여 한 해 농사에 힘쓴 소와 외양간, 곳간에 고사를 지내기도 했는데, 햇곡식으로 시루떡을 만들고 소에게도 고사 음식을 먹였으며 이웃간에도 정을 나누었다.

입동의 양로잔치, 치계미雉鷄米

입동에는 조상께 제사도 지내지만 살아 계신 어른을 모시고 음식을 대접하는 치계미라는 풍습이 있었다. 마을 단위로 이루어지는 일종의 양로잔치였는데, '치계미'라는 말은 꿩, 닭, 쌀을 뜻하며 마을을 다스리는 사또를 대접하기 위해 꿩이나 닭, 쌀을 추렴하여 거두는 풍습에서 유래한 것이다. 마을의 어른들을 사또와 같이 대접한다는 의미가 담긴 풍속이다. 일 년에 한 번 모두가 참여하는 경로잔치였기에 형편이 여의치 않아 추렴을 못하는 가정에서는 논에서 잡은 미꾸라지로 추어탕을 끓여 노인을 대접하는 '도랑탕 잔치'라도 벌였다.

입동의 가장 큰 행사는 김장

겨울로 들어서는 입동의 가장 큰 행사는 김장이다. 예전엔 입동 전후 5일 내외에 한 김장이 맛이 좋다 하여 밭에서 무와 배추를 뽑아 김장을 시작했다. 그러나 요즘은 온난화현상 탓인지 김장철이 11월 중순 이후로 늦춰지는 추세다.

면역력을 높이고 추위에 대비하는 음식

배추, 무를 소금에 절여 마늘, 생강, 갓, 파를 넣고, 고춧가루와 젓갈에 갓 버무린 신선한 김장김치에는 유산균과 영양소가 풍부하다. 부드럽게 삶은 돼지고기 수육과 어울리면 맛도 영양도 그만이다. 농가에서는 그 해 수확한 햅쌀에 삶은 팥을 켜켜이 얹어 팥 시루떡을 해먹거나 콩, 대추, 밤 등을 넣은 떡을 만들어 나눠먹는다. 11월의 제철 수산물로는 입동 전후로 많이 나는 홍합이 있다. 그 옛날 궁중에선 해물을 듬뿍 넣어 따뜻하게 끓여 먹는 신선로를 즐겼다고 전한다.

겨울

20 소설 小雪

첫 눈이 내리는 절기, 소설

24절기의 스무 번째 절기. 11월 22일, 23일경이다. 차츰 겨울이라는 기분이 들기 시작하면서 눈[雪]이 내린다. 살얼음이 잡히기 시작하면서 본격적인 겨울을 알리지만 가끔씩 따뜻한 날도 있어 소춘 小春이라 부르기도 한다.

옛사람들은 소설이 되면 무지개가 걷혀서 나타나지 않고, 천기天氣가 올라가고 지기地氣가 내리며, 자연의 색이 퇴색한다고 했다.

몸은 따뜻하게 겨울은 오붓하게

대추차

우엉차

생강차

홍근옥 씨는 봄에는 새하얀 벚꽃이, 여름엔 흔들리는 대나무가, 가을엔 붉은 단풍이, 겨울엔 눈송이가 흩날리는 풍경이 그림처럼 펼쳐지는 곳이 여기라고 했다. 보은군 회인면에서 예쁜 집을 짓고 사는 그녀의 집에도 겨울이 찾아왔다. 처마 밑에는 시래기가 굵직한 새끼줄에 매달려 있고, 곶감은 찬바람에 주홍빛으로 익어간다. 실에 꼬인 무말랭이도 비틀비틀 말라가고 있다. 벌써 겨울 채비를 많이 하셨다고 인사를 건네니 산골은 겨울이 빨리 찾아와서 추워지기 전에 부지런히 먹을거리를 준비해야 한다고 했다. 벌써 김장도 마쳤고 땔감도 넉넉히 준비했다며 자연의 시계에 맞추어 살다 보니 도시에 살

대추차

때보다 더 부지런해졌다고 한다.

그녀의 집 안에는 철철이 산에서 채취한 나물로 담은 효소가 즐비하다. 그 옆으로는 여러 가지 차와 다구도 가지런하다. 사람을 좋아하는 남편이 손님을 초대하는 일이 많아 그때마다 직접 갈무리해뒀던 재료로 음식을 만들고 차도 나눈다고 한다. 작년 가을에 담아 일 년을 묵혔다는 모과차 맛을 보니 오늘 그녀가 소개해줄 겨울차도 기대됐다.

보은은 대추의 고장이라며 이 고장 사람들은 겨울이면 '대추곰'을 즐긴다고 했다. 대추를 밤새 5시간 약불에서 고았다며 큰 들통 뚜껑을 열어 보여주었다. 껍질이 흐물흐물하게 고아진 대추를 양손으로 비벼 어레미에 걸렀다. 대추 속살만 모아 다시 졸여 잼처럼 만드는데 이것을 대추곰이라 부른다.

"이렇게 졸여야 오래 두고 먹을 수 있어요."

대추곰을 뜨거운 물에 타면 대추차가 되고 대추차에 찹쌀 가루를 섞어 끓이면 대추죽이 된단다. 또 약밥을 만들 때도 대추곰을 넣으면 은은한 대추향이 그렇게 향기로울 수가 없다고 했다.

대부분의 과일은 찬 성질인데 대추는 따뜻한 성질을 가졌다. 몸에 찬 기운이 많고 위장 기능이 떨어져 있는 경우에 대추를 차로 달여 마시면 냉기를 몰아내고 위장 기능을 정상화시키는 데 좋다. 예로부터 대추는 오래 먹어도 해가 없고 오장에 두루 작용하는 약재로 알려져 있다. 또한 신경안정작용이 있어 마음이 편안해져 잠도 잘 자게 한다.

우엉을 칼등으로 쓱쓱 긁어 우엉차를 만들기 시작했다. 먼저 우엉을 얄팍하게 썰어 식초물에 담가 변색을 방지하고 찬물에 담가 전분을 씻어냈다. 두꺼운 팬을 뜨겁게 달궈 우엉을 넣고 한참을 덖으니 구수한 냄새가 풍긴다. 색이 고루 잘 나도록 덖는 것이 맛있는 우엉차를 만드는 비법이란다. 연한 갈색 빛이 돌자 덖은 우엉을 종이 위에 쏟아 찬바람에 식혔다. 잘 마른 우엉을 병에 차곡차곡 눌러 담았다.

우엉은 당질의 일종인 이눌린Inulin이 풍부해 신장 기능을 높여주고 풍부한 섬유소가 배변을 촉진한다. 살찌기 쉬운 겨

우엉 덖기

울철 다이어트차로도 좋다.

홍근옥 씨가 생강차도 만들자며 생강을 내왔다. 그런데 생강의 크기가 작아도 너무 작았다.

"이렇게 작은 생강도 있어요?"

"이건 토종 생강인데 특별히 주문해서 구한 거예요."

시중에 가면 굵고 큰 생강이 있는데 그건 중국산이라 맛과 향이 토종에 비해 떨어져 생강차를 만들 때만큼은 꼭 토종을 쓴다고 한다. 생강 껍질 벗기기는 엉덩이가 아플 정도로 오래 이어졌다.

"입에 들어가는 거라 대충 할 수 없으니 어쩔 수 없어요!"

껍질을 벗긴 생강을 믹서에 갈아서 면보에 꼭 짰다. 햇생강이라 즙이 많이 나왔다면서 1시간 정도 그대로 두었다. 아래

로는 생강 전분이 가라앉고 위로는 맑은 생강즙이 되었다. 생
강즙을 따라내 0.7 정도 비율로 설탕을 섞어 약 2시간 약한
불에서 졸이니 끈적한 생강차가 됐다. 이렇게 만든 생강차는
겨우내 물에 타서 차로 마시고 고기 요리할 때도 사용한단다.

　생강의 맵고 따뜻한 성질은 체온을 올려 혈액순환을 돕는
다. 감기의 오한 증상, 코 막힘 초기 증상을 해소하는 약으로
쓰인다. 공자도 생강을 즐겨 먹었는데《논어論語》향당편에는
그가 생강을 곁에 두고 먹었다고 나온다. 생강은 정신을 소통
시키고 내부의 탁한 악기를 없앤다는 주석도 달려 있다. 중국
명나라의 종합의서《의학입문醫學入門》에도 생강을 먹으면 온

생강차

몸의 기운이 바르게 되어 더럽고 나쁜 것을 없앤다고 했다.

황토방 난로에 불을 지폈다. 창문으로 보이는 눈 덮인 겨울 산을 바라보며 차례로 차 맛을 보았다. 구수하고 맑은 우엉차부터 한 잔, 다음은 향이 은은하고 달콤한 대추차, 마지막으로 향긋하면서도 매운맛이 톡 쏘는 생강차까지 세 가지 차를 마셨다. 혈기가 온몸에 돌고 얼굴까지 붉어졌다. 홍근옥 씨는 이 방에서 남편과 차를 마실 때가 가장 행복하다면서 "긴긴 겨울이 오히려 우리 부부에겐 오붓한 시간을 만들어주어서 좋아요"라고 말한다. 난로 위에서는 뜨거운 물이 끓고 방안에는 비발디의 〈사계〉 중 '겨울'이 흐르고 있다.

고기보다 좋은 담북장

담북장

사람이 꽃보다 아름다운 건 아무런 이유 없이 모르는 사람에게도 한 끼 식사를 대접하는 마음이 있기 때문이 아닐까 한다. 충청도식 담북장을 맛있게 만든다는 김경분 할머니를 소개받아 찾아갔을 때다.

"날이 찬데 얼른 안으로 들어와요. 이리 와서 따뜻한 아랫목에 앉아요."

갑자기 찾아간 손님을 할아버지께선 반갑게 맞아주셨다. 점심 준비를 하는지 집 안은 담북장을 끓이는 냄새로 가득했다. 할머니는 잠시 차라도 마시며 기다리라는 말을 남기고 황급히 부엌으로 사라졌다. 대체 뭘 만들고 계신지 궁금하여 냄새를 따라가보았다. 아담한 시골집 부엌은 오랜 세월 주인의 정갈한 손길에 길들여져 아늑하고 따뜻했다. 선반을 채운 그릇은 세월을 고스란히 간직한 채 윤이 반짝반짝 났고, 행주 수건도 뽀얗다.

할머니께서는 세월과 이야기를 품고 있는 부엌에서 내게 등을 보인 채 열심히 음식을 만들고 계셨다.

"할머니, 뭘 좀 도와 드릴까요?"

"다 되었으니 나가요. 손님은 부엌에 들어오면 안 돼요."

잠시 후 할머니께서 붉게 상기된 얼굴로 상을 내오셨다.

"별스럽지는 않지만 겨울이면 늘 이렇게 먹어요. 같이 들어요."

상 가운데는 담북장이 보글보글 끓고 고등어구이와 김구이, 김장김치까지 정갈한 밥상이 한눈에 들어왔다.

구수하면서도 칼칼한 맛이 나는 담북장은 금세 내 입맛을 사로잡았다.

"할머니께서 만드신 담북장 맛이 좋다고 소문이 자자하던데요."

"할아버지가 워낙 청국장을 좋아하니께 나야 시어머니께서 가르쳐준 대로 평생 만들었지."

흰쌀밥에 담북장 올려 쓰윽쓰윽 비벼 한 입 먹으니 맛났다.

김치 한 쪽을 얹어 먹으니 아삭아삭 씹히는 김치 맛과 구수한 담북장의 맛이 잘 어우러진다. 햇김에 들기름을 발라 구웠다는 김구이도 밥도둑이었다. 고등어 가시를 발라 두툼한 살을 내 수저 위에 올려주시는 할머니와 '뭐든 잘 먹어야 일도 잘하는 법'이라고 말씀하시는 할아버지 덕분에 초면에도 밥 한 그릇을 뚝딱 비웠다.

맛있는 점심을 얻어먹고 할머니와 담북장 띄우는 날을 잡고 돌아왔다. 그날을 기다리는 동안 마음이 설렜다. 약속한 날이 되어 다시 할머니 댁을 찾아가는 날은 눈이 날리고 몹시 추웠다. 집에 도착하니 벌써 마당 한편 아궁이에는 장작불이 활활 타고 있었다. 검은 가마솥에서는 하얀 김이 힘차게 뿜어져 나오며 콩 익는 냄새도 났다.

"요즘 같은 세상에 콩을 장작불에 삶아요?"

놀라서 여쭈니 콩 삶는것 만큼은 장작불로 푹 삶아야 제대로 된 담북장을 담을 수 있다고 하신다. 땔감 준비는 할아버지의 몫이고 담북장을 띄우는 일은 할머니 담당이다. 가스렌지에 음식을 만드는 세상이라 편해지긴 했지만 그래도 음식 맛은 장작불에서 나오는 것이라며 할아버지는 자랑스러운 표정을 지으신다.

발효된 콩

콩 삶기

콩은 손으로 뭉개 보아 잘 으깨질 때까지 푹 뜸을 들인다. 그러니 콩 삶기는 6시간이나 걸린다. 대바구니에 깨끗한 볏짚을 깔고 삶은 콩을 수북이 올렸다. 그리고 아랫목에 대바구니를 놓고 솜이불을 덮었다. 3일 후면 콩에서 실이 생겨나고 특유의 구린 냄새가 난다. 그러면 발효된 콩에 마늘, 고춧가루, 소금을 넣고 절구에 찧는다. 할머니의 진짜 비법은 완성된 담북장에 김장김치를 섞어서 시원한 광에 두고 먹는 거였다. 그래야 김치와 담북장이 어우러져 칼칼하면서도 구수한 충청도식 담북장 맛이 나는 것이다.

담북장은 겨울철 김장 다음가는 양식이다. 고기를 먹지 못하더라도 담북장만 먹으면 영양을 고루 섭취할 수 있기 때문이다. 담북장에는 단백질, 지방, 탄수화물이 가장 질 좋은 형태로 녹아 있고 칼슘과 철, 마그네슘을 포함한 각종 미네랄과 비타민도 듬뿍 들어 있다. 또한 콜린Choline, 낫토키나아제Nattokinase는 추운 날씨로 인하여 수축된 혈관을 부드럽게 하여 뇌졸중 예방에도 도움이 된다.

담북장

• 굵은 멸치의 내장을 빼고 프라이팬에 볶는다.

• 뚝배기에 쌀뜨물을 붓고 볶은 멸치를 넣어 끓인다.

• 담북장을 푼다.

• 마지막에 두부를 넣고 어슷하게 썬 대파도 넣어 끓인다.

소설小雪

입동 김장을 끝냈다고 해도 월동을 위해 겨우내 먹을거리를 챙겨야 한다. 무청으로 시래기를 엮고, 김장하고 남은 무로 무말랭이를 만든다. 호박고지, 고구마 줄거리, 가지, 토란도 말린다.

'소설 추위는 빚을 내서라도 한다'

'소설 추위는 빚을 내서라도 한다'는 속담이 있는데 이는 소설 때 추워야 보리가 웃자라지 않고 농사가 잘되기 때문에 풍년을 기원하는 마음이 담겨 있다. '눈은 보리 이불이다'는 눈이 보리를 덮어 보온 역할을 함으로써 보리가 잘 자란다는 말로 소설에 농부들이 첫눈을 기다리는 이유가 여기에 있다.

소설이 든 음력 10월은 '공달'인 동시에 '상달'

소설이 있는 음력 10월에는 일하지 않고 놀고먹을 수 있다고 해서 공달, 1년 중 으뜸가는 달이라고 해서 상달이라고 했다. 소설 즈음 농민들은 월동준비와 함께 삼현육각이라는 놀이패를 초청해 여흥을 즐기며 한 해의 농사를 마치는 수고를 덜기도 했다.

소설에 부는 손돌바람

소설 무렵, 대개 음력 10월 20일께는 관례적으로 심한 바람이 불면서 날씨가 갑자기 추워지기도 하는데 이날은 손돌孫乭이 억울하게 죽은 날이기 때문이다. 이때 부는 바람을 '손돌바람'이라 해서 외출을 삼가고 어촌에선 배를 바다에 띄우지 않는다.

무, 배추가 맛있는 계절

동치미 무, 백김치, 쌈배추를 비롯해 배춧국을 끓여도 좋다. 처마 밑에는 다홍빛 곶감이 익어간다. 또한 겨울은 차가 맛있어지는 계절이기도 하다. 귤과 유자, 모과와 대추, 생강, 우엉 등 제철 과일과 채소를 말리거나 청으로 만들어 눈 내리는 겨울날 따뜻한 차로 즐겨보자.

겨울

21 대설 大雪

한파가 닥치고 눈이 많이 내리는 대설

양력으로는 12월 7일경. 소설과 동지 가운데에 있는 절기로 말 그대로 큰 눈이 온다는 절기다. 동지와 함께 겨울을 알리는 절기로 농부들에게 이 시기는 농한기다. 가을에 수확한 곡식이 가득 쌓여 있는 풍족한 시기로 한 해를 마무리하는 때다.

한겨울의 효도 밥상

무밥

시래기된장국

도토리묵
말랭이볶음

　안주인으로 산다는 건 그만큼의 책임과 의무가 따르는 법
이다. 원태자 어머니는 종부로써 안주인 역할을 운명처럼 받
아들이고 평생을 살았다. 일 년에 제사만 열두 번, 거기다 시
아버지 수발에 남편 뒷바라지, 자녀 양육은 물론이고 사회 활
동까지 몸이 둘이라도 모자란다. 그럼에도 그녀는 인상 한 번
찌푸리지 않고 안주인의 역할을 다한다. 그녀를 만나러 증평
읍 내성리에 갔다.
　그녀는 오늘도 외출했다 돌아오시는 시아버지를 위해 저녁
을 준비하고 있었다. 오늘 저녁 메뉴는 무밥, 시래기된장국,
도토리묵말랭이볶음이란다. 이 메뉴는 이 댁의 겨울철 단골

메뉴이기도 하지만 시아버지께서 큰 병을 앓고 나신 이후부터 더 자주 만들게 되었다고 한다. 먼저 무를 꺼내러 밭으로 갔다. 작년에 텃밭에 무를 심어 김장김치 담고 남은 것은 그 자리에 무광을 만들어 저장해두었다고 한다. 볏짚으로 만든 마개를 열고 팔을 길게 뻗어 무를 꺼냈다. 단단하고 야무지게 생긴 무가 어둠 사이에서 올라왔다. 무가 바람도 안 들고 싱싱하다고 하니 이 댁에서는 해마다 이렇게 무를 보관해 두고 봄까지 먹는다고 하신다. 무에서 잘라낸 무청은 서늘하고 그늘진 처마 밑에 매달아 시래기로 만들었단다.

"이 세상엔 버릴 게 하나도 없어요!"

그녀에게서 오랜 세월 야무진 살림 솜씨로 큰 살림을 살아온 종부의 내공을 느낄 수 있었다.

무밥에는 시래기된장국이 잘 어울린다며 시래기를 떼어다가 미지근한 물에 불렸다. 살짝만 건드려도 부서질 것 같았던 시래기가 쌀뜨물에 삶자 부들부들해져 무청 원형을 되찾았다. 원태자 어머니는 시래기 줄기를 손으로 잡고 껍질을 벗겨내기 시작했다.

"이렇게 껍질을 벗겨야 어르신들 잡숫기 쉽고 간이 속에까지 잘 스며요."

시아버님 병간호를 정성스럽게 했던 며느리는 시래기 손질

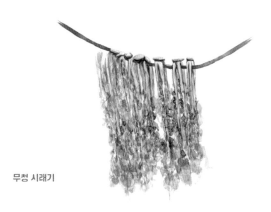

무청 시래기

에도 온 정성을 다 기울였다. 시래기를 먹기 좋은 크기로 자른 다음 된장으로 밑간해 주물러 멸치 국물로 국을 끓였다.

무청 시래기는 보기엔 볼품없어도 겨울철 특급 식재료로 통한다. 무청 시래기에는 철분과 무기질 그리고 식이섬유소가 풍부하다. 섬유소는 운동량이 적은 겨울철 장운동을 도와준다. 또 무는 날것으로 먹으면 갈증이 멎고 음식이 잘 소화되며 기분이 상쾌해진다. 즙을 내서 먹으면 기침을 그치게 하고 출혈을 멈추게 하며 소독 및 해열 작용이 있다. 또 무를 삶아 먹으면 담을 없애주고 만성 소화 불량에도 도움을 준다.

원태자 어머니가 직접 가을에 쑤어 말렸다는 도토리묵말랭이도 불려서 볶았다. 무를 서걱서걱 썰어서 참기름을 두르고 볶은 뒤 쌀을 넣어 무밥을 지었다. 그녀는 깨소금이 고소해야 음식 맛이 산다며 즉석에서 빻아서 양념으로 사용했다.

이번 겨울도 아주 춥다. 문밖에는 온종일 얼음 어는 소리가 들리고 그 위로 지독히 차가운 바람이 지나간다. 하지만 이 집 안은 따뜻한 온기로 넘쳐난다. 김이 모락모락 나는 갓 지은 무 밥과 구수하고 뜨끈한 시래기된장국, 거기다 오들오들 씹히는 도토리묵말랭이볶음까지 먹고 나니 시린 몸이 녹고 마음까지 넉넉해지는 것 같다.

무밥

- 쌀은 씻어 30분 정도 담갔다 건져 물이 빠지게 둔다.
- 무는 굵직하게 채썬다.
- 냄비에 참기름을 한 방울 두르고 무를 볶아준다.
- 물기를 뺀 쌀을 넣고 밥물을 잡는다.
  (무에서 수분이 나오므로 보통 밥물보다 적게 잡는다.)
- 조선간장에 금방 빻은 깨소금과 다진 파, 다진 마늘, 고춧가루, 참기름, 깨소금을 듬뿍 넣어 빡빡한 양념장을 만든다.

시래기된장국

- 시래기는 찬물에 3시간 정도 불린 다음 쌀뜨물에 삶는다.
- 시래기 껍질을 벗겨 부드럽게 손질한다.
- 멸치, 다시마, 무를 끓여 국물을 만든다.
- 손질한 시래기를 2cm 길이로 잘라 된장과 들기름, 다진 마늘을 넣어 무친다.
- 멸치 육수에 양념한 시래기를 넣어 끓인다.
- 시래기가 부드럽게 무르면 대파를 어슷하게 썰어 넣는다.

도토리묵
말랭이볶음

- 가을에 도토리묵을 쑤어 썰어서 말린다.

- 딱딱한 도토리묵말랭이를 물에 담가 불린다.

- 통깨를 절구에 빻는다.

- 간장에 깨소금과 다진 마늘, 다진 파, 다진 홍고추, 설탕을 섞어 양념장을
  만든다.

- 마른 도토리묵말랭이가 보들보들해지면 양념간장으로 무친다.

- 프라이팬에 들기름을 두르고 양념에 무친 도토리묵을 볶아준다.

- 마지막에 통깨를 뿌리고 참기름도 한 방울 떨어뜨린다.

장작불로 고아 만든 오래된 단맛

수수조청

수수부꾸미

에취!

겨울 찬바람 사이로 반갑지 않은 손님이 찾아왔다. 머리가 아프고 목도 칼칼해졌다. 이럴 때 생각나는 것이 벽장 속에 감추어두고 할머니께서 한 숟가락씩 떠먹여주시던 조청이다. 우리집에서는 조청을 설날 차례상에 올릴 약과와 매작과를 만들 때 사용하거나 감기약을 대신해 뜨거운 물이나 생강차에 타서 마셨다. 뜨거운 물에 탄 조청 맛이 어찌나 달콤하던지 감기에 걸려도 조청 맛을 볼 수 있어 행복했다.

단맛은 오행 중에서 토±에 속한다. 토의 성질을 가지고 있는 단맛은 완화, 해독 등의 작용을 하여 긴장된 근육을 이완시킨다. 또 자양滋養 몸에 영양을 좋게 하고 윤활潤滑 뻑뻑하지 않고 매끄러움시키는 작용이 있어 기침이 날 때, 그리고 몸이 건조하여 나타나는 현상을 치료한다. 약의 기운을 잘 돌게 하고 기운이 나게 하며 많이 먹으면 살이 찐다고 했다.

조상들이 남겨준 오래된 단맛을 찾아 단양군 가곡면 사평리로 향했다. 사평리는 소백산과 남한강이 어우러진 마을이다. 남한강에서 부는 세찬 바람과 소백산 자락의 큰 기온차로 예로부터 전국 최고 품질의 찰수수가 생산되는 곳이다. 이 마을에서 어머니가 만드셨던 수수조청의 명맥을 아들 신현팔 님이 이어가고 있다. 그의 안내를 따라 들어선 집 안에는 자주빛 수수대가 곳곳에 놓여 있어 푸근함이 느껴졌다. 신현팔 님의 설명에 따르면 수수조청은 꼬박 사흘이 걸리는 '기다림의

수수

음식'이다.

가마솥에 식혜물을 붓고 불을 지폈다. 그 옛날 할머니께서 조청을 달이시던 날이면 방바닥은 불이 나듯 뜨거웠다. 아궁이에서 연기가 피어나고 가마솥이 뜨겁게 달아오르자 부뚜막에 올라가 큰 나무 주걱으로 바닥을 저었다. 가마솥이 워낙 크다 보니 이렇게라도 하지 않으면 바닥에 엿물이 눌어붙게 된단다. 잠시라도 한눈을 팔았다간 순식간에 엿물이 끓어 넘쳐 찐득한 부뚜막을 닦아야 하는 수고로운 일이 생긴다며 정신을 바싹 차리라고 주의를 주신다. 드디어 흰 거품이 부글부글 일기 시작했다.

"언제까지 저어야 해요?"

"송아지 거품이 날 때까지 계속 끓여야 해요."

작은 거품이 점점 커져 송아지가 내뿜는 거품 크기만큼 커지면 알맞게 농축되었다는 뜻이다. 엄동설한에도 얼굴이 벌겋게 달아오르고 등에선 땀이 촉촉이 흘렀다. 드디어 진갈색 수수조청이 완성되었다. 내 어릴 적 맛보았던 할머니의 조청처럼 달고 부드러웠다. 할머니 몰래 베개를 밟고 올라가 벽장 속에 감추어진 조청을 꺼내 먹던 추억이 되살아났다.

수수조청

- 찰수수쌀을 씻어 하루 정도 불린 다음 찜통에서 푹 찐다.
- 보리 싹을 틔운 엿기름은 찬물에 3시간 이상 불려 여과해 엿기름 물을 만든다.
- 찐 수수밥을 으깨어 엿기름 물을 붓고 65도 정도의 온도에서 10시간 당화
  시킨다.
- 당화된 수수식혜를 베 보자기에 짠다.
- 수수 식혜를 가마솥에 붓고 끈끈해질 때까지 뭉근한 불에서 졸인다.

특유의 붉은색이 도는 수수는 예로부터 귀신을 물리쳐준다는 속설이 있다. 그런 이유로 아기의 백일과 돌 그리고 생일에는 꼭 수수팥떡을 먹였다. 이는 영양학적으로도 아주 지혜로운 선택이었다. 수수에는 어린이 성장에 절대적으로 필요한 히스티딘Histidine이 다량 들어 있기 때문이다. 히스티딘은 뇌 발달을 도와 청각과 언어 발달에 도움을 준다. 열 살까지 수수팥떡을 해 먹이라고 권장한 것은 그만한 이유가 있던 것이다.

수수의 본초명은 고량薯粱으로 고량주의 원료가 되고 맛은 달고 성질은 따뜻하다. 오랫동안 불에 고아 만든 조청은 열熱한 기운이 더해져 면역력을 높여준다. 그러므로 수수조청은 평소 몸이 냉해 소화 불량이 많은 여성, 특히 소음인 체질의 몸을 따뜻하게 하는 데 효과적이다. 또한 기관지를 튼튼하게 하니 천식과 기침을 다스리는 데도 좋다.

다음은 수수부꾸미 만들기에 도전한다. 끈기가 부족한 수수는 찹쌀가루를 섞어 익반죽을 하여 오랫동안 치대야 한다. 부꾸미 중에서 찹쌀부꾸미가 새침데기 서울 아가씨 같은 느낌이라면 수수부꾸미는 투박한 시골 총각 같은 느낌이다. 조금은 거칠고 덜 달지만 먹을수록 당기는 맛이다.

수수부꾸미

- 수수를 물에 담가 불린다.
- 수수의 물기를 빼고 가루로 빻는다.
- 수수가루에 찹쌀가루를 섞어 익반죽을 한 뒤 오랫동안 치댄다.
- 수수반죽을 조금 떼어 주물러서 동글납작하게 빚어 기름 두른 팬에 지진다.
- 아래쪽이 투명하게 익으면 뒤집어 가운데 팥 앙금을 뭉쳐 올린다.
- 반으로 접어 반달 모양으로 만든다.
- 부꾸미가 말랑말랑하게 잘 익으면 가운데 앙금이 볼록 올라온다.

대설大雪

대설에 내리는 눈은 상서로운 눈

눈이 많이 내린다는 절기지만 실제로 눈이 많이 내린 적은 그리 많지 않다. 다만 이날 눈이 내리면 '서설瑞雪'이라 하여 상서로운 눈으로 여겼다. 첫눈이나 겨울눈은 풍년이 든다, 행운이 온다, 약이 된다고 여겨 눈을 먹는 풍속도 있었다. 눈을 먹으면 눈이 좋아지고 허리 통증이 가시고 늙지 않는다고 믿었기 때문이다. 지금은 눈을 먹는다는 것이 꿈도 꿀 수 없는 일이 됐다.

'겨울에 눈이 많이 오면 보리풍년이 든다'

겨울에 눈이 많이 내리면 보리를 덮어 보온 역할을 해주기 때문에 냉해 피해가 적고 수분을 공급 해주어 이듬해 봄 보리 풍년이 든다는 속담이다.

메주를 쑤고 제철 귤과 굴이 꿀맛

입동 무렵부터 소설까지 김장을 담고 나면 이제 남은 일은 메주 쑤기다. 가을에 수확한 콩을 골라 물에 불린 후 가마솥에 넣고 삶는다. 메주콩 익는 냄새가 구수하게 나면 자루에 담아 발로 밟거나 절구에 찧어서 메주를 빚는다. 이렇게 겨우내 발효시킨 메주는 이듬해 된장과 고추장의 주재료가 된다. 이 밖에도 콩을 이용한 청국장과 두부, 콩비지가 겨울철 주 영양 공급원이다. 김장하며 엮어 단 시래기로 국을 끓이거나 늙은호박으로 호박죽을 끓여도 맛있다. 과일 중에는 비타민 C가 풍부한 귤이 제철이고, 바다에선 싱싱한 굴이 꿀맛을 내는 때다.

겨울

동지 _{冬至}

1년 중 밤이 가장 긴 날, 동지

24절기의 스물두 번째 절기. 12월 22일, 23일경이다. 밤이 가장
길고 낮의 길이가 가장 짧은 날인 동지, 동지를 지나면 다음 날
부터 해가 길어지기 시작한다. 이때부터 양의 기운이 싹튼다 하
여 '태양의 부활'로 여겼다. 태양이 새롭게 운행을 시작하는 날
인 동지를 '작은 설', '아세亞歲'라고 부르며 설 다음 가는 경사스
러운 날로 여겼다. 24절기 중 가장 큰 명절이다.
고려시대에는 '동짓날은 만물이 회생하는 날'이라고 하여 고기
잡이와 사냥을 금했다. 음력 11월을 동지가 들어 있어 동짓달이
라고 하며 절에서는 동지불공과 기도를 올린다.

액운을 물리치는 동지팥죽

팥죽

동치미

한 배 속에서 나온 형제라도 같은 것을 보고 다르게 이야기하는 게 극히 정상일 것이다. 그런데 허정숙 님과 나는 음식에 대해서 만큼은 형제보다 잘 통한다. 그건 아마도 둘 다 음식 만들기를 좋아하고, 20여 년 전에 만나 충북향토음식연구회 회장과 총무로 동고동락하며 쌓아온 세월이 있기 때문일 것이다.

동짓날을 앞두고 회장님께 전화를 드렸다.

"동짓날이 다가 오는데 팥죽 쑤어야죠!"

"올해는 '애동지'라서 팥죽 쑤면 아이들에게 안 좋아."

동지가 음력 11월 10일 이전에 들면 애동지, 15일 이내에 들면 중동지, 그 이후에 들면 노동지라고 한다. 팥죽은 동지에

팥

만 먹는 음식이 아니라 죽집에 가면 언제든지 사 먹을 수 있는 음식이 되었으니 이제는 그런 거 따지지 않아도 된다고 떼를 썼다. 회장님은 "죽은 사람 소원도 들어주는데 산 사람 소원은 들어줘야지" 하시며 놀러 오라고 하셨다.

겨울바람이 매섭게 불었지만 팥죽을 먹을 기대감에 크리스마스 캐럴까지 부르며 진천으로 차를 몰았다. 아파트 문이 열리자마자 허 회장님과 뜨거운 포옹으로 인사를 했다.

"남편은? 애들은?"

"잘 지내고 있어요. 딸내미는 2월에 대학교를 졸업해요."

"세월이 참 빠르네!"

그리고 한동안 그간 전하지 못한 소식으로 한바탕 이야기꽃을 피웠다.

팥죽을 쑤려면 우선 팥을 무르게 삶아야 한다. 허 회장님은 팥을 압력솥에 삶았는데 솥에 끓이는 것보다 빨리 익는다며 세상 편해졌다고 하신다. 삶은 팥은 체에 내려 찬물을 부어가며 걸러 찌꺼기는 버리고 국물만 그대로 두어 앙금이 가라앉기를 기다린다. 멥쌀도 씻어 물에 불렸다. 새알심을 만들기 위해 찹쌀가루를 익반죽하는데 여기에 생강즙도 넣는다. 생강이 소화를 돕고 향기롭기 때문이라고 한다.

찹쌀 반죽이 부드럽게 뭉쳐지자 동그랗게 새알심을 빚기 시작했다. 회장님은 새알심을 나이 수대로 만들어야 한다며 나에게 몇 개나 만들어야 하는지 물어보신다. 새알심을 나이 수만큼 먹어야 한다는 소리는 들어봤지만 나이 수만큼 만들어야 한다는 건 처음이다. 그러나 병원이 없던 그 옛날엔 한 해 농사짓느라 애쓰신 노인들의 손목 건강을 새알심 빚는 것으로 알아보았다고 설명해주셨다. 틀린 말도 아닌 것 같다. 새알심을 예쁘게 잘 빚는 걸 보니 우리는 아직 손목 건강엔 문제가 없는 듯하다.

새알심을 만드는 동안 팥 앙금이 아래로 가라앉고 팥물이 맑아졌다. 앙금만 남기고 팥물을 솥에 따랐다. 그리고 불린 쌀을 넣고 서서히 저어가며 죽을 쑤기 시작했다. 쌀이 익으면 남겨둔 앙금을 풀고 준비한 새알심을 넣어 새알이 떠오를 때까지 끓인다. 팥죽이 완성되면 널찍한 양푼에 쏟아 식힌다. 그래야 새알심이 풀어지지 않는다.

팥죽

- 물에 팥을 넣어 우르르 끓으면 첫물은 버리고 다시 찬물을 부어 끓인다.
- 압력솥 추가 흔들리는 소리가 나면 불을 줄여 30분 정도 끓인 뒤 그대로 식힌다.
- 삶아진 팥을 믹서에 갈아 찬물을 섞어 체에 거른다.
- 찌꺼기는 버리고 국물은 그대로 두어 앙금이 가라앉기를 기다린다.
- 찹쌀가루에 생강즙을 조금 넣고 끓는 물을 섞어 익반죽한다.
- 새알심은 한입 크기로 둥글게 빚는다.
- 팥 국물에 멥쌀을 먼저 넣어 익힌 다음 앙금을 풀고 새알심을 넣어 끓인다.
- 새알심이 떠오르면 양푼에 쏟아 식힌다.

절기음식에는 자연환경에 적응하는 먹을거리를 먹음으로써 건강을 지켜낸 조상들의 지혜가 숨어 있다. 겨울에는 손발은 차가워지고 몸속은 뜨거워지니 동지에 팥죽을 먹어 안으로 숨은 열을 풀어주는 것이다. 심장에 열이 많으면 속에 열이 차서 가슴이 답답하고 잠을 잘 이루지 못하고 얼굴이 붉어진다. 간에 열이 많으면 눈이 빨갛게 붓고 아프며 심하면 두통이 생길 수 있다.

동치미

- 동치미 무는 작고 단단한 것으로 준비한다.
- 무를 깨끗이 씻어 껍데기째 소금에 굴려 항아리에 담아 절인다.
- 사과와 배를 껍질째 넣고 쪽파를 우거지로 덮는다.
- 따뜻한 물에 소금을 슴슴하게 풀어 붓고 실내에서 익힌다.
- 2-3일이면 익는데 맛이 들면 항아리를 시원한 곳으로 옮긴다.

동치미 만드는 방법은 비슷하다. 칼칼한 맛을 원하면 지고추를 넣으면 된다고 하셨다. 지고추는 가을에 소금물에 삭힌 고추인데 항아리 바닥에 지고추를 먼저 놓고 그 위에 무를 쌓아 지고추가 뜨지 않게 눌러주어야 한다고 당부하셨다. 지고추가 물에 뜨면 물러져 먹을 수 없게 되고 동치미 맛도 떨어진다고 한다. 회장님의 김치 맛은 1995년 광주김치축제에서 최우수상을 받았을 만큼 둘째가라면 서러운 솜씨다.

한 김 나간 팥죽을 뜨다가 장난기가 발동한 나는 "새알을 나이 수만큼 뜰까요?" 하고 여쭈니 "내 나이가 일흔 셋인데 그걸 어떻게 다 먹어. 7개만 떠요" 하신다. "그럼 회장님은 7개, 저는 5개 뜰게요!" 하면서 웃었다. 팥죽 쑤기는 오랜 시간이 걸렸지만 먹는 즐거움은 순식간에 끝났다. 하지만 이 한순간을 위하여 애쓰고 수고하는 것처럼 인생도 한순간의 행복을 위하여 참고 기다리는 것이라고 하셨다. 새해를 앞두고 가슴에 새겨지는 어른의 말씀이었다. 팥죽 한 그릇을 말끔히 비우고 살얼음이 낀 동치미도 마셨으니 새해에는 좋은 일만 생길 것 같다.

동짓날 기나긴 밤에

메밀묵

메밀전병

텔레비전을 보고 있던 아들이 출출하다며 치킨이 먹고 싶다고 했다. 나는 한밤중에 무슨 치킨이냐며 슬쩍 방으로 들어갔다. 그런데 아들은 기어이 치킨집에 전화를 걸었다. 득달같이 달려온 치킨집 배달원은 문 앞까지 와서 비닐봉투에 든 치킨을 건네주고 결재를 받아 돌아갔다. 고소한 기름 냄새는 다이어트 중인 딸내미의 식욕마저 참을 수 없게 했나보다. 눈 깜짝할 사이 치킨 한 마리를 해치우고 콜라까지 마신 뒤 각자 방에 들어가 잠들었다. 다음 날 아침 딸내미는 부은 얼굴로 나와 치킨 때문에 다이어트에 실패했다며 투덜거렸다.

내 어릴 적 긴긴 겨울밤은 할머니의 옛날이야기 보따리가 풀리는 시간이었다. '도깨비와 혹부리 영감' 이야기는 할머니의 단골 레파토리였고 그 이야기를 듣는 날 밤이면 메밀묵을 먹었다. 채썬 메밀묵에 김장김치와 김가루를 올려 만든 할머니의 메밀묵은 꿀맛이었다. 그때는 밤참을 아무리 배부르게 먹어도 살찔 염려를 하지 않았다. 영양을 분석해보니 메밀묵은 밤참으로 제격이다. 수분이 90% 이상이라 포만감은 주지만 열량은 100g당 58Kcal로 낮고 조직이 부드러워 소화도 잘 된다. 찬 성질의 메밀은 몸에 습열濕熱을 없애 얼굴도 붓지 않는다.

추억의 메밀묵을 쑤러 충주시 수주팔봉을 찾았다. 물길을 따라 달려가니 바위 사이로 물이 흐르는 동네가 보였다. 팔봉 마을에서 강 건너편을 보니 물 위로 여덟 개의 봉우리가 보였다. 이 동네에 콩 음식을 잘 만드는 조성숙 님과 메밀묵을 잘 쑤는 그녀의 작은 어머니가 살고 계셨다.

조성숙 님이 메밀묵 쑤는 솜씨가 참 좋다고 작은 어머니를 소개했다. 작은 어머니는 메밀묵을 배우려면 옛날 방식 그대로 만들어봐야 한다면서 맷돌을 마루 밑에서 꺼내셨다. 맷돌은 둘이서 겨우 들을 수 있을 정도로 엄청 무거웠다. 아래짝 가운데에 있는 중쇠에 위짝 암쇠를 끼워서 맷돌을 맞추었다. 맷돌에 불린 메밀을 수저로 조금씩 떠 넣으며 어처구니를 돌

메밀꽃

메밀

리기 시작했다. 맷돌 사이로 뽀얀 물이 흘러나왔다. 맷돌을 돌
리고 또 돌렸다. 이렇게 간 메밀국물을 고운 자루에 붓고 물을
부어가며 손으로 주물러서 메밀 속의 전분을 빼냈다. 메밀묵
쑤기는 메밀과 물의 비율을 잘 맞추는 것이 관건인데 비율은
1:6이다.

"물이 너무 많으면 질어서 실패! 물이 적어도 묵이 단단해
져 실패예요!"

가마솥에 메밀 전분 국물을 붓고 불을 지폈다. 가마솥 가운
데가 끓을 때까지 전분이 타지 않게 불 조절을 잘해야 한다.
그래서 화력이 좋은 장작불보다 깻단이나 콩깍지가 적합하다
고 하신다. 메밀묵이 되직하게 쑤어지자 할머니는 묵을 완성
하기 전에 들기름을 섞어주면 맛도 있고 윤기가 난다고 하셨

메밀묵

다. 들기름이 잘 섞이도록 다시 몇 바퀴를 더 저어 바가지로
떠서 묵 판에 부어 수주팔봉 찬바람에 메밀묵을 식혔다.

메밀묵이 식기를 기다리는 동안 조성숙 님을 따라 메밀전
병을 만들어봤다.

메밀전병을 먹기 좋게 썰어 속이 보이게 접시에 담고 말캉
거리는 메밀묵도 골패 모양으로 썰었다. 언제 만들었는지 메
밀묵무침과 조밥도 놓였다. 아련한 추억 속의 메밀묵 밤참이
었다. 메밀묵을 입에 넣으니 스르르 녹는 것이 단맛 없는 아
이스크림 같았지만 메밀의 구수한 맛은 오롯이 느껴졌다. 노
란 조밥을 말아서 먹으니 가실가실 혀에 맴도는 느낌이 재미
있다.

수고로움을 무릅쓰고 메밀묵을 쑤어주시던 그 옛날 할머니
의 사랑과 혹부리 영감 이야기가 그리워지는 겨울밤이다.

메밀전병

- 김치는 다지고, 고기는 볶고, 두부는 물기 짜서 으깨어 한데 섞는다.
- 다진 마늘, 다진 파, 깨소금, 참기름, 후추 양념을 하여 주무른다.
- 메밀가루에 물을 섞어 흘러내릴 정도로 묽게 반죽한다.
- 잘 달구어진 팬에 들기름을 조금 두른다.
- 메밀반죽을 얇게 펴준다.
- 소를 올리고 둥글고 길게 만다.

동지冬至

액운을 쫓는 붉은색 동지 팥죽

농경사회에서는 동짓날이면 어느 집이나 팥죽을 쑤었다. 붉은 팥죽이 액운을 쫓는다고 여겼기 때문이다.

중국의《형초세시기荊楚歲時記》에 의하면, 공공씨共工氏의 망나니 아들이 동짓날 죽어서 역신疫神-전염병귀신이 되었다고 한다. 그 아들이 평소 팥을 무서워했기 때문에 사람들이 전염병에 걸리면 팥죽을 쑤어 악귀를 쫓았다는 것이다. 또한 전염병이 유행할 때에 우물에 팥을 넣으면 물이 맑아지고 질병이 없어진다고 여겼다. 사람이 죽으면 팥죽을 쑤어 상가에 보내는 관습이 있는데 이 또한 상가에서 악귀를 쫓기 위한 것이다.

팥죽을 쑤면 먼저 사당에 올려 제를 지내고 방과 마루, 부엌과 광에도 한 그릇 씩 떠다 놓는다. 대문이나 벽에 죽을 뿌리기도 한다. 그리고 난 다음 식구들이 팥죽을 먹는다. 팥죽을 먹으며 지난 액운을 씻고 새로운 한 해를 정갈하게 시작하자는 의미가 담겨있다.

동지는 '작은 설'

《농가월령가農家月令歌》11월령은 동짓달의 풍경을 다음과 같이 노래한다.

"동지冬至는 명일名日이라 일양一陽이 생生하도다.

시식時食으로 팥죽을 쑤어 이웃(隣里)과 즐기리라.

새 책력冊曆 반포頒布하니 내년來年 절후節候 어떠한고.

해 짤라 덧이 없고 밤 길기 지루하다."

'작은 설' 동지는 설 다음가는 경사스런 날이다. 대표적인 풍속은 동지팥죽을 먹으며 액땜을 하고 새해 달력을 나눠주는 것이다.

고려·조선 초기의 동짓날에는 어려운 백성들이 짊어졌던 모든 빚을 청산하고 새로운 기분으로 새 출발을 다짐하며 하루를 즐기는 풍습도 있었다. 조선시대에는 매년 동짓달에 동지사冬至使라는 사신을 중국에 파견했다. 예로부터 동지를 새해로 여기던 풍습 때문에 동지가 늦게 들면 노동지老冬至라 하여 여생이 얼마 남지 않은 노인들도 나이를 늦게 먹게 되니 그 해가 노인들에게 좋다는 속설이 있다.

동지 절식

절에서도 팥죽을 쑤어 나누어 먹는다. 동지팥죽을 먹어야 겨울에 추위를 타지 않고 공부를 방해하는 마구니(마귀)들을 멀리 내쫓을 수 있다고 여겼다. 애동지에는 아이들에게 좋지 않다고 여겨 팥죽을 쑤지 않는 대신 팥 시루떡을 쪄서 먹었다. 궁중에서는 전약煎藥이라 하여 쇠가죽을 진하게 고아 관계官桂·생강·정향丁香·후추·꿀 등을 섞어 기름에 엉기게 하여 굳힌 후 임금에게 진상했다. 동짓달 보름쯤에 평안도, 함경도에서는 메밀국수로 냉면을 해서 먹고, 등푸른 청어를 잡아 종묘에 천신했다고 한다. 제주목사는 동지 무렵이 되면 특산물로 귤을 임금에게 진상했다. 임금은 그 공로를 위로하는 선물을 하사했으며 임시로 과거를 실시하여 사람을 등용하는 일이 있었는데, 이를 황감제黃柑製라 했다.

'동지를 지나야 한살 더 먹는다'

'동짓날이 추워야 풍년이 든다'는 동지가 본격적으로 추워지는 때이므로 겨울을 나는 각종 해충이 얼어 죽어야 다음 해 농작물이 잘된다는 뜻이다.
'정성이 지극하면 동지섣달에도 꽃이 핀다'는 지성이면 감천感天이라는 의미다.
'동지 때 개딸기'는 추운 동지에 개딸기가 있을 리 없으니 얻을 수 없는 것을 바란다는 뜻이다. 북한에서는 같은 뜻으로 '동짓달에 명석딸기 찾는다'고 했다.
'동지섣달에 눈이 많이 오면 오뉴월에 비 많이 온다'는 겨울철에 눈이 많이 오는 해는 다음 해 여름에도 비가 많이 오는 경우가 많다는 뜻이다.
'윤동짓달 스무 초하룻날 주겠다'는 윤달은 동짓달에는 좀처럼 들지 아니하므로 결국 꿔준 돈을 떼어먹겠다는 말이다.

겨울

23 소한 小寒

1년 중 가장 추운 절기, 소한

음력으로는 12월의 절기. 양력으로는 1월 5일, 6일경이다. 해가 양력으로 바뀌고 처음 맞는 절기로, 동지와 대한 사이에 있다.

소한 무렵은 정초한파라 불리는 매서운 추위가 몰려오는 때이다. 옛날에는 소한부터 날이 풀리는 입춘 무렵까지 약 한 달간의 혹한에 대비해 땔감과 양식 등 만반의 겨울나기 준비를 했다.

옛 문헌에는 소한에는 기러기가 북北으로 돌아가고, 까치가 집을 짓기 시작하고, 꿩이 운다고 기록했다.

바이칼호수의 '오믈'

붕어찜

오늘은 외지에서 찾아온 음식연구가를 위해 가이드를 자처한 날이다. 충주댐을 한 바퀴 돌고 점심식사를 하러 동량면으로 갔다. 동량면에는 충주댐에서 잡은 생선으로 요리한 비빔회와 붕어찜으로 이름난 식당이 많다. 붕어찜으로 향토음식경연대회에서 금상을 수상한 경력이 있는 거궁회관을 찾았다. 붕어찜을 주문하고 얼마 후 큰 냄비가 들어와 상 가운데를 차지했다. 보기에도 얼큰해 보이는 붕어찜을 마주하니 바이칼호수에서 잡은 '오믈omul'로 찜을 만들어 먹던 기억이 떠올랐다.

15년 전 겨울, 러시아 여행을 갈 기회가 생겼다. 평소 추위를 많이 타는 나는 한국보다 더 추운 러시아의 날씨가 맘에 걸렸지만 과감하게 여행을 결정했다. 쉽게 러시아 여행을 결정한 데는 순전히 고등학교 시절 백과사전에 소개된 사진 속 바이칼호수의 풍경을 동경했기 때문이었다. 호수의 코발트색 물빛은 영화 〈닥터 지바고〉에 나왔던 여주인공 라라의 눈동자를 연상시켰다. 또 세계에서 가장 오래되고 가장 깊은 호수라는 것과 유네스코 세계자연유산으로 지정되었다는 설명에도 끌렸다.

나는 러시아 여행을 위해 군인처럼 완전 무장하고 한국을 떠났다. 바이칼호수만 학수고대하며 추위 속에서 일정을 소화했다. 드디어 바이칼호수를 보러 가는 날, 아침 일찍 숙소를 떠나 자작나무숲 눈길을 달리고 또 달렸다. 5시간쯤 달렸을까 드디어 시베리아 남동쪽, 이르쿠츠크와 브랴티야 자치공화국 사이에 있는 마을에 도착했다. 가이드는 우리를 눈밭에 내려놓고 서서 손가락으로 저기가 바이칼호수라고 가리켰다. '사방이 눈밭이라 어디가 어딘지 구분이 안 가는데 바이칼호수라니?' 하며 백과사전에서 보았던 코발트빛 호수는 어디 있냐고 물었다. 그러자 가이드는 "저기 눈 덮인 운동장 같은 곳이 바이칼호수예요"라고 했다. 그러면서 바이칼호수는 겨울이면 얼음 두께가 2미터나 되게 얼어 그 위로 버스도 지나다닌다고 설명해주었다. 아뿔싸, 바이칼호수가 바다가 아니라는 사실이 그제야 생각났다. '아니 이렇게 허무할 수가! 호수와 바다도 구분 못 하고 한겨울에 바이칼의 푸른 물빛을 보겠다고 러시아까지 왔단 말야!' 하면서 머리를 쥐어뜯었다.

그날 저녁 우리가 묵은 숙소의 주인은 바이칼호수에서 잡았다며 '오믈'이라는 생선을 주었다. 나는 그 생선에 한국에서 가지고 간 고춧가루를 몽땅 털어서 넣고 감자만 넣어서 내 고향에서 먹던 붕어찜처럼 조렸다. 외국에서 매콤한 고춧가루가 들어간 음식은 식욕을 불러일으켰다. 그동안 기름진 러시아음식에 느글느글해진 속을 풀어주었다. 동행들은 한국의 맛이라며 환호성을 지르고 땀까지 흘려가며 '오믈찜'을 맛있게 먹었다. 나는 내 오랜 염원이었던 코발트빛 바이칼호수를 보지못한 아쉬움을 그들의 기쁨으로 달랬다.

붕어

내 이야기를 듣고 있던 손님은 바이칼호수의 오믈찜과 충주댐의 붕어찜 중 어느 것이 더 맛이 좋으냐고 물으며 웃었다.

붕어는 비린내가 강하고 잔뼈가 많기 때문에 뼈를 연하게 하고 해감내와 비린내를 제거하는 것이 제일 중요하다고 박애성 사장님께서 말씀하셨다. 붕어를 손질하기 위해서 산 붕어를 맑은 물에 1시간쯤 담가 해감을 토하게 한다. 그리고 비늘을 긁고 아가미를 제거한 후 배를 따서 내장을 꺼내고 꼬리를 자른다. 조리하기 전에 식초를 탄 물에 손질한 붕어를 담가두면 비린내도 없어지고 살도 단단해진다. 시래기는 미리 된장양념에 무쳐 간이 스미도록 두었다가 사용한다. 또 불린 콩을 몇 알 넣으면 비린내를 잡아준다고 한다. 무엇보다 인삼과 황기 달인 물을 육수로 사용하는 것이 거궁회관의 비법이었다.

조선시대 궁중의 하루 일과를 기록한 《승정원일기承政院日記》에는 '왕실의 보양식'으로 불린 붕어찜에 대한 기록이 여러 번 나온다. 특히 효종 즉위년에 신하가 중전에게 붕어찜을 보양식으로 권하며 붕어는 비위를 보하고 원기를 회복하는 '성약聖藥'이라고 했다.

붕어찜

• 우거지는 된장과 고추장 양념을 넉넉히 넣어 조물조물 무친다.

• 냄비에 양념한 시래기를 깔고 손질한 붕어를 얹는다.

• 큼직하게 썬 감자와 무도 넣고 불린 검은콩도 몇 알 넣는다.

• 매콤한 양념장을 얹어 은근한 불에서 서서히 조리기 시작한다.

• 구수한 냄새가 나고 국물이 졸아들면 대파, 양파, 풋고추를 올려준다.

가시가 많은 붕어는 등 쪽에서 배 쪽으로 살을 발라 먹어야
한다. 붕어찜은 처음이라는 손님도 충주호 붕어찜은 얕은 맛
이 있고 비린내도 전혀 없다며 맛나게 드셨다. 사과로 만든 와
인도 한잔하니 이내 기분도 좋아졌다. 러시아에서 내가 먹은
오믈찜의 추억처럼 오늘의 충주 방문이 붕어찜으로 기억되었
으면 좋겠다.

천사들을 위한 음식

두부선

새벽부터 핸드폰 알람소리가 요란하게 울렸다. 조금만 더 조금만 더 하면서 이불을 끌어다가 머리까지 덮었다. 따뜻한 이불 속에서 나오기가 정말 싫었다. 그때 번개처럼 스치는 약속이 있었다.

"아차! 오늘은 어린이집 아이들에게 점심을 만들어주기로 약속한 날이지!"

벌떡 일어나 고양이 세수를 하고 목에 목도리를 칭칭 두르고, 장갑도 끼고, 모자까지 챙겨 쓰고 집을 나섰다.

도착하니 새벽 6시, '옥천살림'이 운영하는 두부 공장의 문을 열고 들어섰다. 뿌연 김이 눈앞을 가렸다. 벌써 콩물이 구

순두부

수한 냄새를 풍기며 익어가고 있었다. 올 가을 유기농으로 농사지어 수확한 콩을 15시간 물에 불려 믹서에 갈아 끓이는 중이라고 했다. 끓인 콩물을 고운 주머니에 걸러 비지를 분리했다. 콩물의 온도가 70도가 되었는지 확인한 다음 간수를 쳤다. 그 다음 큰 나무 주걱으로 콩물을 살살 저어주니 뭉글뭉글하게 흰 덩어리가 엉기면서 뿌옇던 콩물이 맑아졌다. 이것이 순두부다. 이 순두부를 틀에 가두어 누르면 두부가 되는 것이다. 금방 만든 구수한 순두부는 추운 새벽길을 달려온 나를 위로하기에 충분했다. 뽀얗고 네모가 반듯한 두부가 완성되었다.

내 손으로 직접 만든 두부를 들고 어린이집으로 향했다. 아이들에게 좋은 재료로 음식을 만들어줄 생각을 하니 발걸음이 빨라졌다. '향수어린이집'에 도착하니 상냥한 원장님께서 맞아주시며 2층에 있는 조리실로 안내해주셨다. 어린이집 조리사님들은 아이들과 생활해서 그런지 말씨도 귀여웠다. 두 분의 조리사님은 조교를 자처하며 도마와 칼을 내주셨다. 낯선 사람의 등장에 기대가 크신 모양이다.

오늘 내가 아이들에게 만들어줄 요리는 두부선이다. 두부선은 한국 전통 요리인데 자극적이지 않아 아이들 입맛에 딱 맞을 것 같아 고른 메뉴다. 조리사님들이 입을 모았다.

"우리는 이런 음식이 있는 줄도 몰랐는데 오늘 배워 다음에 꼭 써먹어야겠어요."

닭가슴살을 다지고 두부를 으깨고 잣도 다져 섞은 다음 고명까지 얹어 찜통에 쪘다.

100명이나 되는 어린이를 위한 점심식사는 정확한 시간에 맞추어 준비해야 한다. 제시간에 맞추기 위해 조리사 세 사람은 쉴 새 없이 움직였다. 추운 날씨에도 불구하고 긴장했는지 이마에는 땀방울이 맺혔다. 완성된 두부선을 아이들이 먹기 좋게 한입 크기로 잘랐다.

두부선

- 닭 가슴살을 다진다.
- 두부는 으깨서 물기를 꼭 짠다.
- 잣은 믹서에 살짝 간다.
- 다진 닭고기, 두부, 잣을 합하고 소금, 깨소금, 마늘, 후추, 참기름으로 양념을 한다.
- 끈기가 생기게 치댄 다음 덩어리를 몇 개로 나눈다.
- 면보에 놓고 네모지게 만든 다음 채썬 달걀지단, 실고추, 채썬 석이버섯으로 고명을 얹는다.
- 김이 오른 찜통에서 10분간 찌고 한 김 식힌 후 자른다.

두부콩

아이들은 밤이 긴 겨울이면 잠을 많이 잔다. 잠을 충분히 자야 성장 호르몬 분비도 잘된다. 그래서 한겨울을 지나고 나면 아이들의 키가 부쩍 자라 있는 것을 확인할 수 있다. 겨울은 아이의 키를 키울 수 있는 절호의 기회이기 때문에 영양 관리에 특별히 신경을 써야 한다. 잘 먹인다는 말에는 성장에 필요한 영양소를 골고루 넘치지 않게 먹인다는 의미가 담겨 있다. 성장에 필수적인 영양소는 단백질이다. 두부에는 우유의 2.6배나 많은 단백질이 들어 있고 육류나 생선류와 비교해도 질이 뒤떨어지지 않는다. 게다가 다량의 칼슘도 들어 있고 소화율도 95%나 된다. 특히 알러지나 아토피로 고생하는 아이에게는 양질의 단백질 공급원이다.

벽시계가 12시를 가리켰다. 아이들이 노래를 부르며 식당으로 들어선다. 오늘 메뉴는 수수밥, 두부선, 김구이, 사과샐러드다. 아이들은 차례로 줄을 서서 밥과 반찬을 받아 제자리에 앉았다. 자기 자리에 의젓하게 앉은 아이들이 "잘 먹겠습니다!" 하고 큰소리로 외치며 숟가락을 들었다. 밥 안 먹겠다고 보채는 아이는 눈 씻고 찾아봐도 없었다. 모두 즐거운 표정이다.

호기심 많은 아이들은 "이거 이름이 뭐에요?", "무엇으로 만들었어요?" 하며 질문을 쏟아냈다. "두부선이라고 하는데 옛날 임금님께서 드셨던 음식이야!"라고 설명해주었다. "우와, 정말요?" 하면서 젓가락으로 두부선을 집어 맛있게 먹는다.

난 아이들에게 밥 한 끼를 해주었을 뿐인데 아이들을 나를 하루 종일 미소 짓게 만들었다. 아직도 "선생님, 맛있게 먹겠습니다!" 외치던 천사들의 소리가 귓전에 맴돈다.

소한小寒

1년 중 가장 추운 소한

절기의 이름으로 보아 대한大寒 때가 가장 추운 것 같으나 소한小寒 때가 1년 중 가장 춥다. '대한이 소한 집에 가서 얼어 죽는다'는 속담이 있다. '소한 추위는 꾸어다가도 한다'는 속담은 날씨가 춥지 않다가도 소한이 되면 반드시 춥다는 의미다.

소한 추위에는 쌀밥, 삼복더위에는 보리밥

차가운 기운을 간직한 보리밥은 삼복더위에 좋고 소한처럼 추운 날씨에는 여름내 뜨거운 태양의 기운을 받고 여문 쌀밥이 좋다. 우리 선조들은 소한의 강추위에 흰쌀로 만든 밥과 떡을 먹음으로써 한파로부터 몸을 보호했다.

이 시기에 보양을 잘해야 다음 해 탈이 없다는 말이 있다. 생강과 계피를 달여 만든 수정과, 호박, 콩으로 만든 두부와 청국장, 김치찌개처럼 매콤한 음식도 소한 추위를 떨치고 기운이 나게 해주는 음식이다.

겨울

24 대한 大寒

24절기의 마지막, 대한

24절기의 마지막 절기. 1월 20일, 21일경이다. 대한大寒으로부터 입춘立春이 되기 직전까지의 기간을 대한 절기로 본다. 한 해를 매듭 짓는 절기라는 의미로 절분節分이라고도 부른다. 지는 해와 다가오는 해의 절기를 나누는 지점이라는 뜻이다. 따라서 계절적으로는 대한을 연말年末로 여겼다.

벗들과 나누는 행복한 만찬

생태탕

새해 벽두부터 한파가 몰아치더니 폭설까지 쏟아졌다. 이 엄동설한에 대학 친구들이 하루 묵어가겠다며 연락을 해왔다. 갑자기 손님을 맞으려니 걱정이 앞선다. 무얼 대접할지 메뉴가 고민이라고 하니 옆에 있던 남편이 "추운 겨울에는 생태탕이 맛있지!" 한다. 다음 날 새벽 싱싱한 생태를 구하기 위해 단단히 차려 입고 수산물 도매시장으로 달려갔다.

6시가 조금 넘은 시간, 나에게는 때 이른 새벽이지만 수산물시장은 활기가 넘친다. 사람들의 표정도 살아 있다. 상점마다 경매에서 낙찰 받은 생선과 어패류들로 넘쳐났다. 생선의 빛깔이 바다에서 막 잡아 올린 듯 윤기가 자르르 흐르고 눈알이 선명했다. 바다의 신선함이 그대로 옮겨온 듯 새우나 게 같은 갑각류는 육지에 올라와서도 펄펄 뛰었다.

"물 좋다는 말이 이런 걸 두고 하는 말이겠지!"

혼자 중얼거리며 두리번거렸다. 신선한 생태 다섯 마리와 모시조개를 사고 예정에 없던 굴과 물미역, 매생이까지 사서 집으로 돌아왔다.

생선의 신선도를 유지하려면 내장을 손질하는 것이 급선무다. 생태의 지느러미와 꼬리를 자르고 몸통을 긁어 비늘을 벗겼다. 아가미를 떼어내고 배 쪽에 손가락을 넣어 내장을 뺀 다음 찬물에 씻어 핏물을 빼고 토막을 쳤다. 모시조개는 소금물에 담가 해감을 토하게 하고 굴은 소금물에 흔들어 씻은 뒤 채반에 옮겨 냉장고에 넣어두었다. 물미역은 소금으로 바락바락 주물러 씻은 다음 끓는 물에 파릇하게 데쳤다. 매생이도 씻어 냉동실에 넣었다. 친구들을 만날 생각에 새벽부터 이어지는 시장보기와 재료 손질에도 피곤한 줄 몰랐다. 대학 때 즐겨 부르던 이선희의 〈J에게〉라는 노래가 저절로 흥얼거려졌다.

먼저 소주·맥주·와인 잔을 꺼내 식탁에 차리고 마른 안주도 담아 놓았다. 그리고 분위기를 살려줄 꽃도 꽂고 촛불도 준비했다. 앞치마를 두르고 본격적인 음식 만들기에 들어갔다. 먼저 바지락 국물부터 내고 굴과 데친 미역을 큰 접시에 넉넉

생태

굴

물미역

히 담고 사과식초로 초고추장도 만들었다. 맛이 든 백김치도
새로 꺼내 썰어 담았다.

초인종 소리와 함께 친구들이 와르르 집 안으로 들어왔다.
친구들을 식탁에 앉히고 촛불을 켜고 와인도 냈다. 나는 보글
보글 끓는 생태탕과 갓 지은 밥을 차렸다. 여기저기서 후루룩
후루룩 소리를 내며 먹기 시작했다. 친구들은 "요리연구가가
끓여서 더 맛있네!" 하며 칭찬도 아끼지 않았다. 안주가 좋으
니 술이 취하지 않는다면서 건배가 이어졌다.

생태탕

• 다시마 우린 물에 바지락을 넣어 국물을 만든다.

• 바지락 국물에 고추장을 풀고 무를 얄팍하게 삐져 넣는다.

• 무가 반쯤 익으면 생태를 넣어 끓인다.

• 생선살이 익으면 다진 마늘과 생강을 넣는다.

• 어슷하게 썬 대파와 청양고추, 두부를 썰어 넣는다.

• 마지막에 소금으로 간을 맞추고 미나리를 한 줌 넣고 불을 끈다.

얼리지 않았다는 뜻의 생태의 본래 이름은 명태다.《방약합
편方藥合編》에 보면 명태의 성질은 따뜻하고 맛은 짜다고 했다.
과로하여 허약할 때 체력을 보해주고, 중풍이나 풍風증을 예방
한다고 했다. 명태는 살이 연하고 기름기가 적어 담백하고 소
화·흡수가 잘된다. 배가 더부룩하고 소화가 잘 안 될 때 먹으
면 좋다.

미역은 영양이 풍부하여 '바다의 채소'라는 별명을 가지고
있다. 열을 내리고 진액을 만들며 딱딱한 것을 부드럽게 하고
뭉친 것을 풀어주며 소변과 대변을 잘 통하게 해준다.

바다의 보약으로 통하는 굴은 돌에 핀 꽃이라는 뜻으로 '석
화'라고 불린다. 특히 겨울철에 맛이 좋은데 간 기능을 원활하
게 도와주기 때문에 주독을 풀어 숙취해소에 좋다.

모처럼의 저녁식사는 친구들로부터 아주 훌륭했다는 평가
를 받았다. 나이들면서 더 편해지는 친구들과의 술자리는 밤
새도록 이어졌다.

다음 날 늦은 아침은 속풀이에 좋은 매생이 떡국을 끓였다.
이렇게 친구들을 위해 준비한 1박 2일의 만찬이 끝났다. 오랜
만에 무거운 짐을 내려놓고 삶의 에너지를 채우는 행복한 시
간이었다.

혈관을 맑고 깨끗하게

참깨강정

들깨강정

건강검진 결과 혈관 나이가 44세로 나왔다. 요즘 들어 흰머리가 눈에 띄어 신경 쓰였는데 실제 나이보다 7살이나 젊다고 하니 횡재한 기분이다. 얼마 전 혈관 관리의 중요성을 강조하는 유튜브 동영상 강의를 보았던 터라 더욱 그랬다. 그 의사의 말에 따르면 암이나 치매보다 더 잔인하고 끔찍한 질병이 심혈관계 질환이라고 했다. 현대의학에서 뇌졸중腦卒中, 한의학적으로는 중풍中風이라 불리는 이 질환은 어느 날 예고 없이 찾아와 대비를 할 수 없기 때문이다. 발병이 되면 갑자기 세상을 떠나거나 치료를 해도 결과는 처참하다고 했다. 암환자는 말을 하고 움직일 수 있는 것에 비해 중풍 환자는 의식은 살아 있지만 사지를 움직일 수 없어 꼼짝없이 자리보전을 하고 다른 사람의 도움을 받아야 하기 때문이다. 그래서 본인은 물론 보호자까지 고통스러운 삶을 살게 되니 혈관 관리만큼은 스스로 노력하지 않으면 안 된다고 강조했다.

심혈관계 질환은 체온 변화가 심한 겨울에서 봄으로 넘어가는 시기에 노인들에게 많이 발생한다. 계절의 변화는 우리 몸에 스트레스로 작용한다. 날씨가 풀리면서 운동량이 많아지면 혈류량이 증가하는데 건강한 사람은 변화에 잘 적응하지만 노인이나 심장 질환이 있는 사람은 증세가 악화될 수 있다.

중풍의 원인이 되는 고지혈증은 혈액 속에 콜레스테롤과 중성지방이 많이 쌓이면서 발생한다. 콜레스테롤과 중성지방의 증가는 동물성 지방 과다 섭취가 원인이다. 좋은 식물성 기름을 먹게 되면 혈관에 쌓인 콜레스테롤과 중성지방이 몸 밖으로 배출된다. 좋은 기름으로 나쁜 기름을 빼는 원리다. 한국 음식에서 양념이나 나물 무침에 사용하는 참깨와 들깨가 대표적인 좋은 식물성 기름이다.

참깨의 별명은 효마자孝麻子로 '효도하는 깨'라는 뜻이다. 참깨를 상식常食하면 늙어서 풍을 쫓고 희어진 머리가 검어지고 근심 걱정이 없어지기 때문이다. 그래서일까, 선인들은 '참깨는 삼거지덕三去之德이 있다'고 했다. 삼거지덕은 세 가지 나쁜 것을 없애준다는 말로 중풍을 예방하고 뇌를 건강하게 하며 뼈를 튼튼하게 한다는 뜻이다.

들깨에는 불포화지방산, 오메가 3, 리놀렌산Linolenic acid이 식물성 기름 중에서 가장 많이 들어 있다. 리놀렌산을 가장 많이 필요로 하는 곳이 뇌세포다. 리놀렌산이 부족하면 뇌신경 세포가 더 이상 재생되지 않게 되면서 심각한 뇌손상을 일으켜 기억력이 떨어진다.

참깨와 들깨의 효능을 알고 보니 깨강정은 겨울철 중풍을 예방하고 뇌세포를 건강하게 지켜주는 약이었던 것이다. 강정은 알갱이가 작은 참깨와 들깨를 시럽에 버무려 만든 전통과자다. 시럽에 버무린 깨강정은 달달하고 고소해서 기호성도 좋고 먹기도 쉽고 휴대하기도 좋다. 혈관을 깨끗하고 맑게 유지하기 위해 깨강정을 만들기로 했다. 평소 자주 다니던 전통 찻집 '다모'는 늘 깨강정을 다식으로 내놓는다. 언제 먹어도 깨가 신선하고 바삭해서 기분 좋게 먹었다. 다모 정은하 사장님께 특별히 부탁해 깨강정을 배워보기로 했다.

정 사장님은 제일 먼저 참깨를 거피해 하얗게 만들어야 한다고 했다. 쌀 씻는 바가지에 깨를 붓고 물을 조금 넣은 후 손으로 박박 비볐다. 그리고 물을 흥건하게 부어 위로 뜬 껍질을 버렸다. 문지르고 씻기를 3번 이상 반복해 거피를 깨끗이 했다. 양념으로 쓸 참깨는 거피를 안 해도 되지만 강정을 만들 거라면 반드시 거피를 해야 완성했을 때 깨끗하다고 하셨다. 깨가 통통해질 때까지 볶아서 준비하면 그 다음은 쉽다.

참깨강정

- 참깨는 거피를 하여 물기를 뺀다.
- 뜨거운 프라이팬에 볶은 뒤 손으로 문질러보아 부서지면 완성이다.
- 물엿, 설탕, 물을 3큰술씩 팬에 넣고 저어주면 곧 투명한 시럽이 된다.
- 여기에 볶은 깨를 정확히 2컵을 넣고 재빠르게 섞는다.
- 깨를 볶듯이 섞어주다가 실이 생기면 얼른 꺼내 쟁반에 퍼서 꾹꾹 눌러 편다.
- 식으면 먹기 좋은 크기로 자른다.

들깨강정

- 들깨를 일어 돌을 골라낸다.
- 깊은 팬에 씻은 들깨를 넣고 볶는다.
- 물엿, 설탕, 물을 3큰술씩 팬에 넣고 저어 시럽을 만든다.
- 완성된 시럽에 들깨를 섞는다.
- 실이 생기면 꺼내 식힌 다음 알맞은 크기로 자른다.

깨강정의 성패는 시럽 배합에 있다. 물엿과 설탕의 비율을 1:1로 하는 것이 기본이다. 깨강정의 강도를 맞추기 위해선 기온에 따라 설탕과 물엿의 비율에 약간 변화를 준다고 했다. 더운 여름에는 설탕을 조금 더 넣고 추운 겨울에는 물엿을 조금 더 넣는다고 한다. 설탕이 많으면 딱딱하고 물엿이 많으면 늘어지기 때문이다. 깨강정은 손이 많이 가는 번거로운 음식으로 여겼는데 정 사장님 레시피를 따라하면 초보자도 성공적으로 깨강정을 만들 수 있을 것 같다. 조금씩 자주 만들면 늘 고소한 깨강정을 맛볼 수 있다고 하셨다.

정 사장님께서는 따끈한 쌍화차에 금방 만든 깨강정을 차

려 다과상을 마련하셨다. 기혈을 조화롭게 하여 피로 회복에
도움을 주는 쌍화탕도 직접 달여 만드신다. 쌍화탕 한 모금 마
시고 참깨강정을 입에 넣었다. 오드득오드득 소리를 내며 고
소한 향이 입안에 퍼졌다. 쌍화탕을 한 모금 마시고 이번엔 들
깨강정을 입에 넣었다. 들깨 특유의 향과 달달한 맛이 기분을
좋게 한다. 참깨강정과 들깨강정이 혈액을 맑고 깨끗하게 지
켜주리라 믿어본다.

대한大寒

'소한이 대한 집에 몸 녹이러 간다'

겨울철 추위는 입동에서 시작하여 소설, 대설, 동지, 소한, 대한으로 갈수록 점점 추워진다고 했다. 그러나 이는 중국 화북 지방 기온을 기준한 것으로 우리나라에서는 소한 때 더 춥게 느껴진다. 대한이 지나면서 추위는 수그러들기 시작하여 속담에 '춥지 않은 소한 없고 포근하지 않은 대한 없다', '소한 얼음, 대한에 녹는다', '소한에 얼어 죽은 사람은 있어도 대한에 얼어 죽은 사람은 없다'는 속담이 생겼을 만큼 푸근한 것이 보통이다.

한 해의 마지막 절기, 대한

한 해의 마지막 절기인 대한은 다음에 오는 첫 번째 절기인 입춘에 비해 묵은해가된다. 이 날을 계절의 연말로 보아 이 날 밤 해넘이를 했다. 해넘이는 콩을 방이나마루에 뿌려 악귀를 쫓고 새해를 맞는 풍습이다.

한 해에 처음 시작되는 절기인 입춘을 연초年初로, 대한을 연말年末이라 인식해 대한에는 돈을 빌리거나 연장을 빌리는 등의 새로운 일을 벌이지 않았다. 그와 반대로 대한은 이미 벌어진 일을 마무리하는 때라 여겨 빌린 돈을 다 갚아야 하며 못다 한 일을 찾아서 끝내는 습관이 생겼다.

이사나 집안 손질은 신구간에 하라

제주도에서는 이사나 집수리와 같은 집안 손질은 언제나 신구新舊간에 하라고 했다. 신구간이란 신들이 하늘에 올라가 보고를 한 다음 새로운 임무를 받아오는 날이므로 땅에 신이 없어 해害를 끼치지 못한다는 날이다. 대한 후 5일에서 입춘 전 3일간으로 대략 1월 25일부터 2월 1일까지의 1주일을 말한다.

내년에 심을 종자를 고르는 때

동지섣달에도 할 일이 없지 않다. 내년에 경작할 논밭의 도지를 정하고 내년 농사에 필요한 농기구를 손질한다. 내년에 파종할 좋은 종자를 고르고 비닐하우스에서 씨앗의 싹을 틔우는 것도 이 시기의 일이다. 땅심이 떨어진 밭은 객토를 하거나 거름을 뿌려준다. 틈틈이 보리밭에도 나가 들뜬 보리가 없는지 확인하고 얼어죽지 않도록 밟아주어야 하고 과수농가는 햇볕이 잘 들고 바람이 잘 통하도록 나무의 가지치기를 한다.

음력 섣달은 적게 먹고 조용히 지내라

소한과 마찬가지로 대한에도 특별히 즐긴 시절 음식은 없다. 다만 조상들은 음력 섣달은 힘든 일도 많지 않으니 적게 먹고 조용히 지내라고 했다. 또한 남의 덕으로 사는 달이라 여겨 '남의 달'이라고 불렀다. 따라서 겨울철에는 두 끼만 먹거나 점심은 죽을 먹기도 했다. 호박죽, 팥죽은 물론 콩나물죽, 김치죽을 끓이고 무밥과 굴밥, 고구마밥, 시래기밥도 즐겼다. 추위와 운동부족으로 면역력이 떨어지기 쉬운 때라 마늘과 버섯, 흑미를 이용한 음식도 좋다.

24절기 표

계절	순서	이름	의미, 특징	시기(양력)
봄	1	입춘立春	봄이 시작된다	2월 4일~5일
	2	우수雨水	비가 내리고 싹이 튼다	2월 18일~19일
	3	경칩驚蟄	개구리가 겨울잠에서 깨어난다	3월 5일~6일
	4	춘분春分	낮이 길어지기 시작한다	3월 20일~21일
	5	청명淸明	봄 농사를 준비한다	4월 4일~5일
	6	곡우穀雨	농사비가 내린다	4월 20일~21일
여름	7	입하立夏	여름이 시작된다	5월 5일~6일
	8	소만小滿	본격적으로 농사가 시작된다	5월 21일~22일
	9	망종芒種	곡식의 씨를 뿌리는 날	6월 5일~6일
	10	하지夏至	1년 중 낮이 가장 긴 날	6월 21일~22일
	11	소서小暑	여름 더위가 시작하는 날	7월 7일~8일
	12	대서大暑	더위가 가장 심한 시기	7월 22일~23일
가을	13	입추立秋	가을이 시작된다	8월 7일~8일
	14	처서處暑	일교차가 커진다	8월 23일~24일
	15	백로白露	이슬이 내리기 시작한다	9월 7일~8일
	16	추분秋分	밤이 길어지는 시기	9월 23일~24일
	17	한로寒露	찬 이슬이 맺힌다	10월 8일~9일
	18	상강霜降	서리가 내리기 시작한다	10월 23일~24일
겨울	19	입동立冬	겨울이 시작된다	11월 7일~8일
	20	소설小雪	얼음이 얼기 시작한다	11월 22일~23일
	21	대설大雪	눈이 많이 내린다	12월 7일~8일
	22	동지冬至	연중 밤이 가장 긴 때	12월 21일~22일
	23	소한小寒	겨울 중 가장 추운 시기	1월 5일~6일
	24	대한大寒	겨울 추위의 절정기	1월 20일~21일

경칩(3/5경)
춘분(3/21경)
우수(2/19경)
청명(4/5경)
입춘(2/4경)
곡우(4/20경)
이월령
삼월령
대한(1/20경)
정월령
입하(5/6경)
소한(1/5경)
사월령
소만(5/21경)
십이월령
봄
대설(12/7경)
동지(12/22경)
오월령
망종(6/6경)
십일월령
겨울
여름
하지(6/21경)
소설(11/22경)
십월령
가을
유월령
소서(7/7경)
입동(11/7경)
구월령
칠월령
대서(7/23경)
상강(10/23경)
팔월령
입추(8/8경)
한로(10/8경)
처서(8/23경)
추분(9/23경)
백로(9/8경)

24절기節氣는 태양의 황경黃經에 맞추어 1년을 15일 간격으로 24등분해서 계절을 구분한 것으로, 봄이 시작되는 입춘을 비롯하여 우수·경칩·춘분·청명·곡우, 여름이 시작되는 입하와 소만·망종·하지·소서·대서, 가을이 시작되는 입추와 처서·백로·추분·한로·상강, 겨울이 시작되는 입동과 소설·대설·동지·소한, 겨울을 매듭짓는 대한이 있다.

일러스트 이효선

요리&미술강사로 활동하고 있는 저에겐 절기음식을 그리는 일은 반갑고 즐거운 일이었습니다. 자연을
거스르지 않는 자연의 일부로서 소박하지만 깊이와 가치를 담는 그림 그리는 일을 꿈꾸며 살고 있습니다.
《풋풋한 우리들의 시간들》, 《고양이 빌라》, 《바퀴벌레 등딱지》, 《맛있는 동의보감》, 《반찬하는 이야기》,
충북일보 칼럼 〈절기밥상〉 등에 그림을 그렸습니다.

당신의 식사는 안녕하십니까

1판 1쇄 발행 2019년 3월 15일

지 은 이   지명순·진혜경
펴 낸 이   신혜경
펴 낸 곳   마음의숲

대   표   권대웅
주   간   이효선
편   집   송희영 전태영
디 자 인   임정현
마 케 팅   노근수 허경아

출판등록   2006년 8월 1일(제2006-000159호)
주   소   서울시 마포구 동교로 144-13(서교동 463-32, 2층)
전   화   (02) 322-3164~5 팩스 (02) 322-3166
이 메 일   maumsup@naver.com
인스타그램   @maumsup
용지 신승지류유통(주) 인쇄 스크린그래픽 제본 (주)상지사P&B

ⓒ지명순 진혜경, 2019
ISBN 979-11-6285-026-8 (03810)

＊이 도서의 국립중앙도서관 출판예정도서목록(CIP)은 e-CIP홈페이지(http://www.nl.go.kr/ecip)와
국가자료공동목록시스템(http://www.nl.go.kr/kolisnet)에서 이용하실 수 있습니다.
(CIP제어번호: CIP2019008204)